Alexander Maclean Sinclair

The Gaelic Bards

From 1715 to 1765

Alexander Maclean Sinclair

The Gaelic Bards
From 1715 to 1765

ISBN/EAN: 9783337327224

Printed in Europe, USA, Canada, Australia, Japan

Cover: Foto ©Andreas Hilbeck / pixelio.de

More available books at **www.hansebooks.com**

THE

GAELIC BARDS

FROM 1715 TO 1765.

BY
THE REV. A. MACLEAN SINCLAIR.

Charlottetown, P. E. I.
HASZARD & MOORE, 168 QUEEN SQUARE.
1892

PREFACE.

I published *Clarsach na Coille* in 1881, the *Glenbard Collection*, in three parts, in 1888-89-90, and the *Gaelic Bards from 1411 to 1715* in 1890.

The present work, the Gaelic Bards from 1715 to 1765, or from the Battle of Sheriffmuir to the beginning of the Ossianic Controversy, owes its existence to the patriotism and liberality of a few Scotsmen or men of Scottish origin in Prince Edward Island. The following persons have given $5.00 each towards defraying the expenses of publishing it :

Hon. Charles Young, LL. D., Charlottetown.
Hon. A. A. Macdonald,   "
Malcolm Macleod, Esq. Q. C.,   "
James Macleod, M. D.,   "
D. C. Macleod, Esq.,   "
H. C. Macdonald, Esq., M.P.P.,   "
A. A. Maclean, Esq.,   "
J. D. Macleod, Esq.,   "

J. D. Macdonald, Esq., Charlottetown.
Col. J. D. Irving,　　　　　 "
John Mackenzie, Esq.,　　　 "
Capt. Alex. Macleod, Orwell.
Malcolm Macdonald, Esq., Georgetown,
D. A. Mackinnon, Esq.,　　　 "
Hon. Angus Macmillan, M. P. P., Summerside,
Neil Mackelvie, Esq.,　　　　　　 "
James Hunter, Esq., Alberton
Hon. John Maclean, M. P. P., Souris.

To the sum given by the above mentioned persons, $90.00 in all, the Caledonian Club of Charlottetown, acting as men connected with such a society might be expected to act, have kindly added $20.00, thus making the total amount $110.00.

It is only fair that I should state that the plan of raising the money obtained originated with Mr. Malcolm Macleod of Charlottetown, and that it was also carried into effect by him. Mr. Macleod, who is a prominent lawyer, is a gentleman of fine literary culture and takes a deep and becoming interest in the history, traditions, legends, and poetry of our Highland forefathers.

Personally I feel deeply obliged to all who have contributed towards the publication of this work, and contributed, as I understand, gladly and without any hesitation ; and I am confident that all who will derive any pleasure or profit from looking over it will also feel thankful to them. It is a good thing for a man to open his mouth, after a hearty dinner, and talk about the poetic genius and martial achievements of our ancestors ; but it is a much better thing, and a far nobler thing, for a man to open his purse and give a few dollars towards preserving the compositions of the old Scottish Bards and Seanachis.

A. MACLEAN SINCLAIR.

Belfast, P. E. I.

May 3rd, 1892.

AN CLAR–INNSE.

ANNDRA MAC-AN-EASBIG

ISHOP Hector Maclean was born in 1605. He graduated at the University of Glasgow in 1628. He was for a long time minister of Morvern. He became minister of Eastwood in 1679. He was appointed Bishop of Argyll, June 29th, 1680. He died in 1687. He belonged to the Lochbuie branch of the Macleans. He was probably a son of Mr. Angus Maclean, first minister of Morvern. He was married to Jean, daughter of Mr. Thomas Boyd, minister of Eaglesham, eldest son of Andrew Boyd, Bishop of Argyll. He had four sons, Andrew, Angus, Alexander, and John. He had two daughters. Janet, the elder, was married to Lachlan Og, seventh son of Lachlan Maclean of Ardgour. The younger was married to William Campbell of Wester Kames. Angus, the second son of Bishop Hector, graduated at the University of Glasgow in 1661, and became minister of Kilfinchan in 1666. Alexander, the third son, is known in history as Sir Alexander Maclean of Otter. He fought at the battle of Killiecrankie. He entered the French Service some time afterwards, and was a Lieutenant-Colonel. He died at Aix-la-Chapelle. John, the fourth son of Bishop Hector, was a Lieutenant in the Earl of Portmore's regiment of Foot. He was killed at Kaizerswerth, probably in 1702. Bishop Hector's widow died in 1704.

Andrew, Bishop Hector's eldest son, Anndra Mac-an-Easbig, was born about the year 1635. He was a Captain in the army. He resided at Knock in Morvern. Owing to the depredations of the Camerons he had to sell Knock and leave Morvern. He seems to have spent his latter days in Mull. He married Florence, daughter of Charles Maclean of Ardnacross, Tearlach Mac Ailain, and had one son by her, Sir Angus, a

Major in the Spanish army. Sir Angus had a son named Andrew, who died without issue in 1780. Captain Andrew was an excellent poet. The year of his death is not known.

—— × ——

ORAN

Do Bharbara nighean an Easbig Fularton.

LE ANNDRA MAC-AN-EASBIG.

Gun dug mi gaol nach failinneach
Do ribhinn nan cuach fainneagach ;
Gur boidheach, dualach, arbhuidh iad
Mar aiteal dearrsadh theud.

A ghruaidh a chruthich nadar dh'i
'S tuis ratha 's ragha dealbha sin,
'S gach buaidh oirr' mar a b' fhearr a bh' air
Diana a chaidh eug.

Gur maiseach, min-gheal, tabhachdach,
Gur cuimir, direach, dachail i,
Le aigneadh seimh, neo-ardanach,
Gur fhailinn 'tha fo 'n ghrein.

Is sugach an am manrain i
'S i cuirtail mar a's abhist dh'i,
Is math thig faite gaire dh'i
Bho chlaragibh a beil.

Gur mills' a pog na mealannan,
'Si 's cinntich' gloir gun amaideachd ;
Bheir brigh a beoil 's a h-analach
Neach anacrach bho 'n eug.

Air uchd nach crion r'a thaisbeanadh
Tha an da chich a's tlachdmhoire ;
Bhuin i gach cridh le 'taitneasibh
Fo ghlasibh aice fein.

Is caoin fo 'gun a seang chorpan,
'S i 's maoile glun is calbannan ;
Troigh chuimir bheag gun gharacalachd
Nach saltir garbh air feur.

Chaidh cliu na te s' a Albinn uainn,
Aig glainead bheus 's aig leanabanachd ;
Cha d'fhan e ann sa Ghearmailte,
Gun dol gu dearbh do 'n Ghreig.

O, b' fhearr gur mis' a bhuadhicheadh
Min fhail le 'n cuirteadh cruaidh shnaim ort ;
Cha b' fhear gun agh 'san uair sin mi,
Nuair bhuannichinn thu-fein.

Ach 's cruaidh an cas ma 's fuatharachd
A gheibh mi 'n aite truacantachd ;
Gum b' fhearr dhomh mur a buannich mi
A bhi san uaigh a pein.

Co 'chuala riamh no 'chunnic e,
No 'fhuair 'san nadar duine-sa,
Gach uaisl' 'tha 'm Babi Fularton
An cruinneachadh 'na cre ?

Ge b' e do thoil-sa diultadh rium
Cha n-onair dhomh bhi diubhaltach ;
Mo shoridh gu lan durachdach
Do d' bhroilleach cubhridh fein.

—— × ——

ORAN

Le Anndra Mac-an-Easbig 'nuair a reic e an
Cnoc Morairneach, a dh' fheum e fhagail a chionn
's gun robh na Camaranich a goid a chuid cruidh
is each, agus nach d' fhag iad ni aige.

Bhuam-s' tha 'n raitinn
Ri tuar m' fhaillinn,
'S buan dhomh amhghar,
'S fuar tha m' aite comhnidh.

'N drasd mar aisling
A bha 'n cadal
Tha na bh' aginn ;
Gun d'tharladh fad' air falbh e.

Maghan farsuinn
'Bu shar ghasd aitreabh.
Gun dion, gun fhasgath,
Gun sparr, gun at, gun chomhla ;

Gun cheol pioba,
Gun ol fiona ;
Cor an gniomha,
'S leoir dhomh 'mhiad de dhorinn ;

'Chuirt 'n do chleachd mi
'N tus bhi 'faicinn
Muirn is macnis,
Gun smuid deatach sheombar ;

'N luchirt laghach
'M bu dluth tathich,
Cuirt Mhic-Gilleain,
Cuis gun aighear dhomh-s' e ;

'N t-aite 'm faighteadh
Baigh is pailteas,
'S gradh ga sgapadh,
Gu narach, taitneach, ordail ;

Gach ni 'b' aill leat,
Dinneir aridh
Gun sion dalach,
'S bu chinnt do 'n daibhear comhdach.

Am preas cubhridh
'Bu deas cumhdach
Gun chleas umbidh,
Maiseach, ubhlach, boidheach ;

Craobh an abhill
Ga sior-sgathadh
'Sios gun athadh
Le fior chaitheamh foirneirt ;

Fo mhein mheirleach
Nach seimh ceirdean
Gun daimh cairdis ;
Saobhidh Dhatain 's Chora ;

'Bha riamh bristeach
Gun sion 'ghibhtean
Ach ciall gliocis ;
B'e 'n ceann-*shift* do m' sheors' iad.

'S e baigh Ailain
Air gradh carid
'S a bhas calamh
'Dh 'f hag fas ar fearann mor duinn.

Nach beirt f hollais
An staid shoilleir s'
A ghrad thoinneamh
'N ar ceart choinnimh oirnne.

Bhuain sinn fein i
Le uaisle eifeachd,
'S le cruas meine ;
Bhuail i geur 's an t-sroin sinn.

Ged tha ar fearann
An drasd fo'r gearradh,
Cha n-e bhur ceannas
Bhuin dhinn le lannibh coir'e.

Bu bhuan strith dhuinn
Ri sluagh rioghachd ;
Cha tuath chrion
A f huair dhinn striochdadh comhla.

Mur biodh ach uiread
'Toirt dhinn le buillibh
Cis ar muineil
Sgriobht' am fuil ar fogradh.

A Righ fhlathis
Dhe d' shaor mhathas
Sith-thaimh tabhir,
Brigh ar n-achain deonich.

On gheall Thu fein
Gum biodh Tu 'd leigh
A thoirt a pein
A bhrathar fheumich bhronich.

Thoir dhuinn fhathasd
Mac-Gilleain
'N aite 'n athar
Mar cheannard rath 'san Dreallinn.

Sparr, a joist, a beam.—At, atuinn, a rafter.—Daibhear, needy, destitute.—Saobhidh, a litter, a den.—Dreallinn, a name applied to the Island of Mull.

—— × ——

MARBHRANN

Do dh-Alasdir Mac-an-Easbig, le Anndra a bhrathair.

'S bochd an sgeula so 'thanic,
'S olc a chreuchdadh ar n-armuinn,
Osna dheurach an drasd a rug oirnn.
    'S bochd, etc.

'S trom mo cheum, gun fath gaire,
'S trom neo-Eibhinn a tha mi,
'S gur h-e cumha do bhais 'rinn mo leon.

'S bochd a chraidh thu mi 'm chridhe,
Sprochd do bhais th' air mo ruighinn,
Spot nach slanich aon lighich' tha beo.

Tha mo ghruaidhean air siaradh
Agus m' oisnean air liathadh ;
'S deacir dhomhsa 'nis strian chur ri m' fheoil.

'S mi mar choltas Mhaol-ciarain,
No mar Oisain ga t' iarridh ;
'S gum bi mise ga t' iargainn ri m' bheo.

'S mor m' anradh is m' allaban
On a threig thu mi Alasdir,
'Si so 'bhairlinn a chreanich mi 'm f heoil.

Is nam faighinn leam m' inntinn
Dheaninn soilleir ort innseadh,
Nach robh 'd' chinneadh ri m' linn-sa na's mo.

Fear cruaidh, curant, gun ghiorag,
'N am na tuasaid nach tilleadh,
'S tu buidhinn urrim gach spionnidh le seol.

'Nuair a bhiodh tu 'sna blaribh
'Bhi air thus 's e bu ghnaths leat,
'Si do shuil nach biodh sgathach roimh ghleos

'N am dhuit dol do 'n taigh-thairne,
Bhiodh a chuideachd a b' f hearr leat,
'S cha bu sgrubaire clair thu mu 'n bhord.

Cha b' f hear fuath' thu no fabhir,
'S tu gum fuasgleadh gach ceangal,
'S tu bhi shuas ann an cathir a mhoid.

Cha dean uisge na fairge,
No maoidheadh na h-armailte,
Mo mhuinntir-sa mharbhadh na's mo.

Ann an campa sin Ludhinn,
Cha robh meang ann ad ghiulan,
'S cha robh failinn an uirghioll do bheoil.

Dh' fhag mi thu ann sa bhothaig,
'S do chorp min-gheal air breothadh,
Is gun sugh ann ad chnamhan, ach cos.

—— × ——

DONNACHADH NAM PIOS.

Duncan Macrac of Inverinate, known as Donn-achadh nam Pios, was born about the year 1635. He was chief of his clan. He was educated at the University of Edinburgh. He married Janet, daughter of Alexander Macleod, 5th of Raasay. He made a collection of Gaelic poetry between 1688 and 1693. He was drowned some time after 1693, whilst attempting to cross the river Connag at Dorisduan.

————

LAOIDH A RINNEADH AN AM MULAID.

LE DONNACHADH NAM PIOS.

A shaoghil, 's diombuan do mhuirn,
Is mairg a ni turn nach fhiach ;
Ged bhiomid an diugh ri ceol
'S gearr bhiodh bron ga chur a sios.

Chunnacas, cha n-fhad o 'n uair,
Cuirm is ceol is suairceas glan,
'S an taobh staigh 'dh-fheasgar an cuairt
Chunnacas leinn sluagh ri gal.

'S mairg a ni bun as an t-saoghal
Bhon is baogh'lach e gach uair ;
'N ti 'bu mhiann leinn an diugh aginn
Ann sa mhadinn thugadh bhuainn.

THA TIGH'NN FOTHAM EIRIGH.

LE IAIN MAC DHUGHILL MHIC LACHINN.

LUINNEAG.

Tha 'tigh'nn fotham, fotham, fotham,
Tha 'tigh'nn fotham, fotham, fotham,
Tha 'tigh'nn fotham, fotham, fotham,
   Tha 'tigh'nn fotham eirigh,

O, sud an t-slainte churamach,
Is olamid gu sunndach i.
Deoch-slaint' an Ailain Mhuideartich ;
Mu dhurachd dhuit gun eirich.

Is ged a bhiodh tu fada bhuam,
Gun eireadhd sunnd is aigneadh orm
'N uair 'chluinninn sgeul a b' aite leam
Air gaisgeach nan gniomh euchdach.

Is iomad maighdean bharrasach,
Da 'm math da 'n dig an carrasaid,
'S gach ait 'an d' fhuaradh sealladh dhiot,
Gu dealasach an deidh ort.

Tha cuid 'san Fhraing 's 'san Eadailt diu,
Tha pairt an Eilain Bheagrim diu,
Is chan fheil latha teagisg
Nach bi 'n Cille-Pheadir treud diu.

'Nuair 'chruinnicheadh am bannal ud
'S breid caol an caradh crannaig orr',
Bhiodh fallus air am malaidhnean
A danns' air urlar deile.

Nuair 'chiaradh air an fheasgar
Gum bu bheadarach do fhleasgichean :

Bhiodh pioban mor gan spreigeadh
Agus feadanan gan gleusadh.

Gur sgiobair ri la gaillinn thu
A sheoladh cuan nam marannan,
'S a bheireadh long gu calachan
Le spionnadh ghlac do threun f hear.

Is sgeul beag eil' a dhearbhadh leat,
Gur sealgair sithne 'n garbhlich thu,
Le d' chuilbheir caol nach dearmadach,
Air dearg ghreigh nan ceann eutrom.

B'e sud an leoghann aigeantach
'Nuair 'nochdadh tu do bhaidealan,
Lamh-dhearg is long is bradan,
Is a lasadh meanmn' a' t' eudann.

———— —

Allan Macdonald of Moydart, was born about
1670. He was killed at the Battle of Sheriff-
muir, on Sunday, November 13th, 1715.

———— × ————

IAIN DUBH MAC IAIN MHIC AILAIN.

John Macdonald, commonly called Iain Dubh
Mac Iain Mhic Ailain, belonged to the Clanranald
branch of the Macdonalds. He was born about
the year 1665. He received a good education.
He belonged to the Roman Catholic Church. He
resided at Gruilean in the Island of Eigg, and was
in comfortable circumstances. The year of his
death is not known.

———— ————

ORAN NAM FINEACHAN GAIDHEALACH.

LE IAIN DUBH MAC IAIN MHIC AILAIN.

'S i so 'n aimsir 'san dearbhar
An targairneachd dhuinn;
'Nuair 'dh' eireas gach treun laoch
'Nan eideadh glan, ur,
'S bras meanmnach fir Alba
Fo 'n armibh air thus;
Le run feirg' agus gairge
Gu seirbhais a chruin.

Theid maithibh na Galltachd
Gle shanntach 'sa chuis;
Gur lionmhor each slang-mhear
A dhannsas le sunnd.
Bidh Sasunnich caillte
Gun taing dhaibh ga 'chionn;
Bidh na Frangich 'nan campibh
Gle theann air an cul.

'Nuair 'dh' eireas Clann-Domhnill,
Na leoghinn 'tha garg,
'Nam beo bheithir mhor-leathunn.
Chonnspunnach, gharbh,
Luchd seasamh na corach
D'an ordagh lamh-dhearg,
Mo dhoigh, gum bu ghorach
Dhaibh toiseachadh oirbh.

Thig Rothich is Rosich
Gle dheonach 'nar ceann,
Barrich an treas seorsa
'Tha 'n comhnidh 'measg Ghall.
Clann-Donnachidh cha bhreug so

Gun eireadh 's gach am;
Mar sin is Clann-Reubhair
Nach eisd ach bhi annt'.

Clann-an-Ab' an seorsa
'Theid boidheach fo 'n triall,
'S glan comhdach a chomhlain,
Luchd leonadh nam fiadh,
Iad fein is Clann-Pharlain,
Dream ardanach, dian;
'S gum b' abhist 'd ar n-aireamh
'Bhi 'm fabhar Shiol-Chuinn.

Na Leodlich, am por glan,
Cha b' fholach 'nan siol;
Dream rioghail gun fhotus
Nan gorsaid 's nan sgiath.
Gur neartmhor ro eolach
Bhur n-oigfhir 's bhur liath;
'S e 'n cruadal bhur dualchas,
'S e 'dh' fhuasgil oirbh riamh.

Clann-Fhionghain o'n Chreithich,
Fir ghle ghlan gun smur,
Luchd nan cuilbheirean gleusda,
'N am feuma cha diult.
Thig Niallich thar saile
Air bharcibh nan sugh,
Le 'n cabhlach luath, lan-mhor,
O bhaghan nan tur.

Clann-Ghilleoin o'n Dreallinn
Theid sanntach 'san ruaig;
Dream a chlosadh ainneart,
Gun taing 'choisinn buaidh;
Dream rioghail do.chiosnicht'

Nach striochdadh do'n t-sluagh;
'S iomiad milidh deas, direach,
'Bheir inntinn dhuibh 'suas.

Gur guineach na Duibhnich
'N am rusgadh nan lann;
Bidh cnuachdan gan spuacadh
Le cruadal nach gann;
Dream uasal, ro uaibhreach,
S tha dual dibh 'san Fhraing;
O Dhiarmad do shiolaich
Por lioumhor nach fann.

Na Stiubhartich ur-ghlan,
Na fiurain gun ghiamh;
Fir shunndach nan luth-chleas
Nach tionndaidh le fiamh,
Nach gabh curam roimh mhuiseag,
Cha b' fhiu leo 'bhi crion;
Cha bu shugradh do Dhubh-Ghallibh
Cuis a thoirt dibh.

Gur lionmhor lamh theoma
'Th' aig Eoghan Loch-iall;
Fir cholganta, bhorganta,
'S oirdheirce gniomh;
Mar thuilbhenn air chorr-ghleus,
'S air chonfhadh ro dhian;
'S e mo dhuil-sa 'n am rusgadh
Nach diult sibh dol 'sios.

Clann-Mhuirich cha soradh
A chomhspairn ud ial;
Dream fhuilteach, gun mhorchuis,
D'an coir a bhi fial;
Gur gaisgail, fior sheolta,

Bhur mor thional chiad;
Ni sibh spoltadh is feolach,
A stroiccadh gu dian.

Tha Granntich mar b'abhist
Mu bhraigh' uisge Spe;
Fir laidir, ro dhaichail,
'Theid dan ann san streup;
Nach iarr cairdeas no fabhar
Air namhid fo'n ghrein;
'S i 'n lamhach a dh' fhagas
Fuil bhlath air an fheur.

Tha Frisealich ainmail
Aig seanachibh nan crioch;
Fir gharbha, ro chalma,
Am fearg cha bu shith.
Tha Catanich foirmail,
'S i 'n armachd am miann;
An Cath Ghairbhaich le 'r n-armibh
Gun d' dhearbh sibh bhur gniomh.

Clann-Choinnich o thuath dhuinn
Luchh bhuannachd gach cis';
Gur fuasgailteach, luath-lamhach,
Bhur n-uaislean 'san strith;
Gur lionmhor bhur tuath-cheathirn
Le 'm buailtibh de ni;
'S thig sluagh dumhail gun chunntas
A duthich Mhic-Aoidh.

Thig Gordanich 's Greumich,
Grad ghleusd' as gach tir;
An cogadh Righ Tearlach
Gum b' fheumail dha sibh.
Thig Griogarich gu h-eudmhor,

Dream speisail nam pios;
Air leam gum b' i 'n eucoir
Nuair 'dh' eigheadh sibh 'sios.

Siosalich nam geur lann
Theid treun air chul arm;
An Albinn 's an Eirinn
B' e 'm beus a bhi garg.
An am dol a bhualadh
B' e 'n cruadal ur calg;
Bu ghuineach ur beuman
Nuair 'dh' eireadh ur fearg

'Nis on chuimhnich mi m' iomrall,
'S fath ionndrichinn iad,
Fir chunbhalach, chuimte
'Ni cuimse le 'n laimh,
Nach dean iomluas mu aon-chuis
'Chionn ionntis gu brath.
Gur muirneach ri 'n iomradh
Clann-Fhionnlaidh Bhraigh'-Mhar.

Ma bhios gach curidh treunmhor
Le 'cheile 'san am,
Air inntinn ghloir dhirich,
Gun fhiaradh, gun cham,
Ri aon fhear cho ciunteach,
'S iad titheach air geall,
'Dh-aindeoin muiseag nan Dubh-Ghall
Thig cuis thar an ccann.

Targairneachd or tairgineachd, a pro-
phecy. Folach, rank grass growing upon
dung-hills. Clos, to hush, to quiet.
Spuacadh, knocking on the head. Bhorr-
ghant, grandly made, pompous. Tuil-

bheum, a torrent. Corr-ghleus, good
condition, high spirits. Confhadh,
eagerness, fury. Ial, a moment. A
spoltadh, hacking, hewing down, slaying.
Cunbhalach, constant, steady. Iomluas,
inconstancy. 'Chionn ionntis, for the sake
of wealth. Cam, deceit, fraud. Muiseag,
a threatening.

The poem was composed some time be-
fore the battle of Sheriffmuir. It is a call
to the various clans to rally under the
Earl of Mar.

According to a history of the Camp-
bells, written in 1779, they are descended
from Duibhne, whose son, Diarmad Mac
Duibhne, lived in 943, A. D. Duibhne
was the tenth in descent from Arthur,
king of the Britons. Diarmad married
Graine, a grand-daughter of Conn Ceud-
chathach, by whom he had Duibhne
Deudgheal, who had a son named Mal-
colm. This Malcolm went to Normandy,
where he married the heiress of Beau-
champ, a neice of William the Conqueror.
He had three sons who were known as
Campbells, from Campus Bellus, the
Latin of Beauchamp. A descendant of
one of these French Campbells came to
Scotland and married Eva, the heiress of
a Highland cheiftain who lived at Loch-

awe. This man was the progenitor of
the Campbells of Argyleshire. It is evi-
dent from the line, 'S tha dual dibh 'san
Fhraing, that Iain Dubh Mac Iain Mhic
Alain was well acquainted with this ab-
surd legendary history.

CUMHA CHLANN-DOMHNILL.

LE IAIN DUBH MAC IAIN MHIC AILAIN.

Gu bheil mulad air m' inntinn,
Dh' fhalbh gach ti 'bheireadh aire dhuinn;
'S gur a fad o 'n la 'dh' inntrich
An sgriob sin ri teannadh oirnn.
'S ann 'sa mhile is seachd ciad,
Deich 's coig bliadhna de 'n annaladh,
'Thuit craobh chosgair ar didinn
'Bha gar dion e gach an-shocir.

'Nuair sin b' aigeantach, sunndach,
Mear, muirneach, is arronta,
Tighearn' urramach Mhuideirt
A cur sunnd fo na fearibh ud.
Bha de mhais' ann at urluinn
Do gach suil 'gheibheadh sealladh ort,
Is nach faighteadh o dhurachd
Mi-run 'thoirt do 'n Ailain ud.

Gun b' e sud an t-og treubhach
A bha gleusd' air gach fearachas;
'S deas a rachadh tu 't eideadh,
'S bu gheur ann am barail thu.
Cridhe farsuinn na feile
Nach do leugh a bhi gangaideach;

Fear an spiorid 'bu treine
Lan speise gun aineolas.

Ann san t-samhradh 'na dheidh sin
Dh' fhalbh Raonall 's chan fhanadh e:
Dh' fhag e sinne 'na dheidh
Gun fhear gleidht' ris an teannamid
Aingil naobha Mhic Dhe
'Bhi mar sgeith dhuit ga t' anagladh:
Is gun faicear dha fein sin
Gun gleidh E na fearinn dhuit.

Ach ged fhuair sinn ar leonadh
Bha ar dochas a fuireach ruinn;
Fheadh 's bu mhaireann Sir Domhnall
Bha treoir dhuinn 'san urra sin.
Cridhe calma mar leoghann
'N robh morchuis le duineadas:
'S e do chur-sa fo 'n fhoid
'Bhuaill an dorn 'bhrist ar muineil oirnn.

Ged bha 'm huille sin cruaidh
Rinn t' uaislean deagh chumail ris,
On a bha do mhac suas dhaibh
Gu fuasgladh gach cunnairt daibh;
Ach an nis tha 'n sgeul craiteach
Mu'n ur ailleagan urramach.
On a dhruid riut am bas
Is tus anraidh dha d' chumant e.

Cha do chaill sinn ar speiread
'S Sir Seumas a feitheamh oirnn,
Ga ar cumail ri cheile
'S ar feum leis ga 'ghleidheadh dhuinn.
Gum b' e sud an tuir treun
'San robh reim mar-ri faighidinn.

'Measg nas maireann ad dheidh
Cait an leir dhuinn do leithid-sa?

'Nuair a bha thu 'd dhuin' og
Bha thu comhraidhteach, suidhichte;
Beul a labhradh gu foil thu,
Am bosd cha robh 'n ceangal riut.
Aigneadh soilleir gun gho
Air mo dhoigh gum bu dligheach dhuit;
Dh' aithnichteadh riamh air do sheol-sa
Gun steornadh tu tighearnas

Oirnne thanic an t-ar
Is mor abhar ar gearain duinn;
An aon chraobh 'bha gu h-ard
'Tha an sabh air a gearradh uainn.
Gur h-e sguabadh an lair so
A bhath tur an teallach oirnn;
Chaill sinn uil' ar leann-tath
Ri linn bas Mhic-'Ic-Alasdair

'Dheagh fhir chridhe mo ghraidh-sa
Bu bhlath ris gach carid thu;
Bu mor t'fhuran ri daimh,
'S bhha thu laidir treun, ceannasach.
Gum bu leagadh ri earrlaid
An tus failinn 'bhi 'teannadh riut;
Cha bu chobhartach raidh oirnn
Gu brath fheadh 's bu mhaireann thu.

'S misde mise 's chan fheairrde
'Bhi 'g aireamh na chailleadh orm;
Dh' fhalbh mo shugradh 's mo mhanran
On chaireadh 'san talamh sibh.
Dh' fhalbh mo chruit 's mo cheolgaire
Dh' fhalbh mo ghairdeachas onarach;

Dh' fhalbh m' airm agus m' eideadh,
'S gach sgeinnh bh' air mo choluinn-sa.

'S e ceann-fath mo ghrad liathidh
An sgiala dubh dona so
Mi air fas am mhaol-ciaran,
'S nach iarr iad mo chonaltradh.
Cait am faic mi ri m' leusibh
Na theid ann an coimeas ruibh?
'S buileach glan 'thug na nialtan
A ghrian le 'cuid soluis uainn.

Annaladh, an age or era. Arronta, bold.
Craobh-chosgair, a laurel, a trophy. Gang-
aideach, deceitful, false. Anagladh,
protecting. Reim, power, authority.
Steorn, to guide, to direct, to manage
prudently. Leann-tath, cement. Earlaid,
trust. Maol-ciaran, a forlorn person.
Tuir, a lord, a pillar.

Allan Muideartach, chief of the Clan-
Ranald, was killed at Sheriffmuir in 1715.
Ranald, his brother, succeeded him in the
chiefship, but was under the necessity of
seeking refuge in France for the part he
took in the rising of 1715. Ranald died
in 1725. Sir Donald Macdonald of Sleat,
Domhnall a Chogidh, died in 1718. Sir
Donald, son and successor of Domhnall a
Chogidh, died in 1720. He was an ami-
able and promising young man. He was
succeeded by his uncle, Sir James, who

died in 1723. Alexander Macdonell, of Glengarry, Alasdair Dubh, died in 1724. It is evident that the lament was composed shortly after Glengarry's death.

TROD NAM BAN EIGEACH.

LE IAIN DUBH MAC IAIN MHIC AILAIN.

Marbhaisg air na mnathanh-taighe
Nach gleidheadh an anntlachd;
Tha mo chluasan air fas bodhar
Le gleodhar an cainnte.
An nis bhon chaidh iad bho riaghailt
Leigeam strian le 'n aimhleas;
'S tairneamid gu aite diomhair
Bho mhiothlachd an cainnte.

'Nuair a thoisich iad ri turarich
Gun iomradh air baindeachd,
Thug iad a ghreis sin air umradh,
'S b' e tulgadh an aimhleis.
'S ann an sin 'bha 'n sgioba dura,
Nach diultadh an aimhreit;
Bha droch charadh air an curricean,
'S na sturriceanan cam orr'.

'S ann aca 'bha 'm fioram-farum,
'Chithris-chaithris chainnte;
Shaoileadh gach neach a dol seachad
Gum bu chlach le gleann e.
Bhon chaidh iad gu tiopadh-tapadh
'Measg a phrasgain bhaintreach,
Geolach air mnathan na tartrich,
Le 'n cleachdinnean aingidh.

Dh' ionnsich iad 'bhi beurtha, sgaiteach,
Lasanta le cointin,
Gun aon te ri tabhirt snasidh,
Ach 'sa bheirt cho coingeas.
Caoin a thionndadh air ascaoin
Cha do chleachd an dream ud;
Mile marbhaisg air a bhaidean
'Thug anntlachd air anntlachd.

Cha robh cruniach, cha robh cailleach,
Cha robh bean ga seandachd,
Cha robh bean uasal no cailin,,
Bean-baile no baintreach,
Nach dug am mach nam frimir-freamir.
Sud an eangach aingealt';
Fallus gach te air a mala
'Bu bhallartach sealltinn.

Nuair a sguir iad de na h-ingnean
Shin iad air na h-armibh,
Tharruinn te dhiu cuigeall dhireach,
'S tapan min-gheal marachuinn,
Cheart cho caol ris an t-sioda,
'S e gu liobhidh ball-chruinn,
'N deidh a losgadh ann sa ghriosich
Aig ro mhiad na stararich.

Nuair a chunnic bean na ceirsle
Lasair ann san abhras,
Chaidh 'diurn air bhuirbe 's air bhraise,
Air chaise 's air chontrachd.
'S mor gum b' fhearr do neach a seachnadh
Na 'glacadh 'san am sin;
Rug i air cuaille mor bata
Is sgraig i 'sa cheann iad

Rinn iad an sin seorsa siochaint,

Striochd iad le cion anfhaidh;
Bha 'n anail a sios s a nios
Mar ghearran gniomh' an Galla-chrann.
Is cha b' ionghnadh iad 'bhi sgith
Nam foghnadh miad na talmrich,
S iomad cul a bh' air dhroch-cireadh
Le ingnean nam bana-chrog.

Turarich, a rattling noise. Baindeachd,
modesty. Sturricean, an undress for a
woman's head. Chithris-chaithris, hur-
ly-burly, confusion, noise. Geolach, a
bandage put around the arms and should-
ers of the dead. Geolach air, death upon
or death to. Cointin, a controversy.
Beurtha, sharp. Eangach, a babler, a
snare. Aingealta, malicious. Ballartach,
turbulent. Tap or tapan, tow or wool
wreathed on a distaff. Abhras, spinning,
flax or wool. Contrachd, imprecation,
mischief. Sgraig, strike, hit one a blow.
Talmrich or tailmrich, noise, bustle.
Anfhadh, wind. Gall-chrann, a Lowland
plough, which was different from the kind
originally used in the Highlands.

NIALL MAC-MHUIRICH.

The Mac-Mhuirichs were hereditary
family-historians and bards to the Mac-
donalds of Moydart. They were of Irish
origin. Muireach Albannach, the founder
of the family, settled in Scotland about
the year 1200. He seems to have been

an ecclesiastic. Several of his poems have
been preserved by the Dean of Lismore.
He was evidently a pious man. Lachinn
Mor Mac-Mhuirich composed a battle ad-
dress to the Macdonalds in 1411. Niall
Mor, his son and successor, was the author
of a satire on the bagpipe. Niall Mac-
Mhuirich, Niall Mac Lachinn, mhic Neill,
mhic Dhomhnill, mhic Lachinn, mhic
Neill Mhoir, mhic Lachinn Mhoir, was
the last Bard and Seanachidh of the
family. He lived in South Uist, at a
place known as Bail'-a-Bhaird. We do
not know either the year of his birth or
of his death. We may assume, however,
with a fair degree of probability, that he
was born about the year 1780. He com-
posed the elegy on Ailain Muideartach in
1715. His son, Lachlan, was born in
1741. He gave a large manuscript, con-
taining Ossianic poems, to James Mac-
pherson in 1760. He was a very old man
at the time of his death. He could read
and write Gælic, and may have had some
knowledge of Latin.

MARBHRANN DO MHAC-MHIC-AILIAN.

LE NIALL MAC-MHUIRICH.

Och a Mhoire, mo dhunidh!
Thu bhi 'd shineadh air t' uilinn
An taigh mor Mhorair Druminn,
Gun ar duil ri d' theachd tuilleadh
Le failte 's le furan
'Dh-fhios na duthcha da 'm buineadh
Do charid Iarla Choig-ullinn;
'S goirt le cennard fir Mhuile do dhiol.

Dh' fhalbh Domhnall nan Domhnall
Is an Raonall a b' oige
'S Mac-Mhic-Alasdair Chnoideirt,
Fear na misniche moire,
'Dh-fheuch am beireadh iad beo ort.
Cha robh 'n sud dhaibh ach gorich;
Feum cha robh dhaibh nan torachd;
'S ann a fhuair iad do chomhradh gun chli.

Mo chreach mhor mar a thachir!
'S e chuir tur stad air m' aiteas
T' fhuil mhoralach, reachdar,
'Bhi air bocadh 'ad chraiceann
Gun seol air a casgadh.
Bu tu righ nam fear feachda,
A chum t' onair is t' fhacal,
'S cha do thill thu le gealtachd an nios.

Mo cheist ceannard Chlann-Raonill
Aig am biodh na cinn-fheodhna,
Na fir ur air dheagh fhaolum
Nach iarradh de 'n t-saoghal
Ach airm agus aodach;

Le 'n cuilbheiribh caola
'Sheasadh fad' air an aodunn;
Rinn iad sud ach cha 'd fhaod iad do dhion.

Is mor gair ban do chinnidh
On a thoisich an iomirt;
An sgeul 'fhuair iad chuir tiom' orr'.
T' fhuil chraobhach 'bhi sileadh
'S i a dortadh air mhire
Troimh an lot 'rinn am milleadh.
Ged tha Raonall 'at ionad
'S mor ar call ged a chinneadh an righ.

Is trom puthar na luaidhe;
'S goirt 's gur cumhann a bualadh,
'S nach do ruith i air t' uachdar.
'Nuair a dh' ionndrich iad bhuath' thu,
Thug do mhuinntir gair chruaidh asd'.
Ach s e ordagh a fhuair iad
'Ceum air aghart le cruadal,
S a bhi 'lenntail na ruaig' air a druim.

'Dheagh mhic Dhomhnill mhic Iain.
Cha robh leithid do thaige.
Ann am Breatunn ri 'fhaighinn;
Taigh mor fiughantach flathail,
'M bu mhor sugradh le aighear;
Bhiodh na h-uaislean ga 'thathich.
Rinnedh cuims' air do chaitheamh
Ann an toiseach an latha 'dol 'sios.

'S iomad gruagach is breideach
Eadar Uibhist is Sleite
Chaidh am mugha mu d' dheibhinn.
Laigh smal air na speuribh,

Agus sneachd air na geugibh;
Ghuil cunlaith an t-sleibhe
On la 'chual iad gun d' eug thu,
A chinn uidhe nan ceud 'bu mhor pris.

Chit' ad bhaile mu fheasgar
Smuid mhor 's cha b' e 'n greadan,
Fir ur' agus fleasgich
'Losgadh fudir le beadradh,
Cuirn is cupichean breaca,
Piosan oir air an deiltreadh,
'S cha b' ann falamh a gheibht' iad,
Ach gach deoch annt' 'bu neartmhoire
    brigh.

'S iomad clogad is targaid
Agus claidheabh cinn airgid
Bhiodh mu 'r coinnimh air elachuinn.
Dhomhsa b' aithne do sheanachas
Ged a b' fharsuinn ri leanmhinn
E an eachdridh na h-Alba.
Raonill oig, dean beirt aimmail
On bu dual dhuit o d' leanmhuinn mor
    ghniomh.

Cha bu lothagan cliata
'Gheibht' ad stabuill gam biathadh
Ach eich chruidheacha, shrianch;
'S bhiodh do mhialchoin air iallibh,
'S iad a feitheamh ri fiadhach
Ann sna coireanibh riabhach.
B' e mo chreach nach do liath thu
Mun danic teachdair' ga t' iarridh o 'n
    Righ.

COINNEACH MAC-RATH.

Kenneth Macrae was tacksman of Ardelve in Ross-shire. He was born in 1645. Although seventy years of age in 1715, he joined the army under Mar, and took part in the battle of Sheriffmuir. He was full of zeal for the Jacobite cause.

CEITHIR IAINEAN NA H-ALBA.

LE COINNEACH MAC-RATH.

Tha Uilleam cliuiteach an diugh fo chas,
Tha 'chridhe bruite, 's beag ionghnadh dha.
Bu ghlan arm oigridh on thog e 'n tos iad,
'S gach bratach bhoidheach a bhuineadh
    dha.

'S ann a Cinntaile so dh'fhalbh na suinn,
Cha robh an aicheadh fo bhratich Fhinn,
Na fir bha daichail, 's iad sgaiteach, laidir,
Gur e mo chradh-lot mar tharlaidh dhaibh.

An latha 'dhirich sinn ris an aird,
Bha fearg is fraochan air fir mo ghraidh,
Is claidheabh du bailte 'n crios gach diumh-
    lich,
Is spainntich dhu-ghorm an glaic 'ur lamh.

An uair a ghluaiseadh an sluagh a Peirt,
Bha barail thruagh ann san uair ud ac',

Gum biodh Alb' is Eirinn, is Sasunn reidh
    dhaibh,
'S a h-uile ceum dhiubh fo bheum au
    ghlaic.

Mo chreach-sa fudar is lualdhe ghlas
A bhi 'n ur suilean is sibh 'n 'ur teas;
'N uair sheas na fiuranan cul ri cul ann,
Bu bheag an cuiam roimh luchd nan each.

'Nuair 'thug mi suil air an trupa ghlas,
Bha fir mo ruin-sa 'g au cur 'nan teas,
Mar gharradh aon-fhillt gun d' thilg a
    ghaoth iad,
Aoh thar na slaodairè an salach as.

Bha luchd nam balgan an sin 'nan cath,
Nam briogsan cainbe 's nan casag glas.
Bu mhor au sgrol iad 'g an cur 'an ordagh;
'S e m' Braman mor a thug sinn am mach.

Gun d' thuit an t. oganach ann san streup.
An t-Iain o Chonchra 's bu mhor am beud,
An curidh laidir le neart a ghairdein,
A cur nan aghannan diugh gu feur.

B' e sud Iain Chonchra a bha gun sgath,
B'e 'n duine marbhteach e ann sa bhlar,
Ri sgoltadh cheann fhad 's a mhair a lann
    da,
'S bha fir gun chainnt ann as deidh a
    laimh.

Bha fear Uchdarire ann, 's bu righ air
    sluagh;

B'e sud am fior ghaisgeach fior-ghlan,
    cruaidh,
B' e n' leoghann garg e a bha ro chalma,
Air thus na h-armailte rompa suas.

B'e sud am milidh 'bha cinnteach, cruaidh,
O'n aitim rioghail 'bu ro-mhath snuagh.
An teaghlach muirneach, 's fhad 'sgaoil an
    cliu as,
Is cha b'e 'sgugaire thanic uath'.

Bha mac Iain Oig ann, an comhlan gleusd';
B'e sud an t-oganach foinnidh, treun,
Le 'chlaidheabh cruadhach o neart a
    ghualinn,
Gur h-iomadh gruag a chuir e gu feur.

Bha 'n seobhag suairc ann, Fear Bhail-a-
    Chnoic,
Am fiuran uasal, 's e laidir, bras,
A gearradh luthan nan luath each crudh-
    ach,
Bu mhillt' a shugradh, 's bu shearbh a
    ghreis.

Cha bu liugair e 'dol air ghleus,
Is cha bu chubair air chul na sgeith;
Ach an diumhlach 'bha cridhail, sunndach,
A dhearbh a dhurachd mun d' thuit e-fein.

Och! a dhaoine, nach cruaidh an cas,
Uilleam cliuiteach a dhol 'n an dail,
Bha 'fhuil le 'ghruaidhean le siubhal
    luaidhe,

S bu chulaidh-namhais 'nuair bhuail e
'ghraisg.

Mur b'e a luaithead 's a rinn iad olc,
'S gun d' rinn an luaidhe gu cruaidh do
 lot,
Bhiodh claigneaan ciurrt' aig luchd bhriog-
 san duinte,
Le lannibh du-ghorm 'bu mhath 'san trod.

Nach b'e am fudar an liugair seolt',
'Nuair thug e 'n crun dheth an tubh bu
 choir,
Le 'dhreachdan diomhair a tigh'nn os
 n-iosal
'S e rinn an diobhail a thanic oirnn.

Nam biodh Clann-Domhnill air tigh'nn
 'nar pairt,
Na fir mhora bu mhath 'san spairn,
Bu reiteach Rosich is Rothich comhla,
A tigh'nn 'nar comhail a dh'iarridh baigh.

———

The four Johns were John Macrae,
tacksman of Conchra; John Murchison,
tacksman of Auchtertyre; John Macken-
zie, son of the laird of Applecross, and John
Mackenzie, of Hilton. They were officers
under the Earl of Seaforth at Sheriffmuir,
and were killed in that battle. The Uill-
eam cliuiteach referred to is the Earl of
Seaforth, Uilleam Dubh.

TORMAID BAN MAC-LEOID.

Norman Macleod, known as Tormaid Ban, was a native of Lochbroom. He was the author of several popular and highly poetical productions. He had two sons, Angus and one of whose name we are not certain. Angus was born about 1744, graduated at Aberdeen in 1764, appointed minister of the parish of Rogart in Sutherlandshire in 1774, and died in 1794. He was married and left five children. Tormaid's second son was also a clergyman, and professor of church history in the University of Glasgow. We have not seen any of Tormaid Ban's poems except Cabar-Feidh. Our authority for the statement that he composed other poems is the Rev. Thomas Ross, LL. D., in his article on Lochbroom in the statistical account of Scotland. Of course there could be no better authority. Tormaid Ban, like nearly all the other Highland poets, was a Jacobite.

CABAR-FEIDH.

LE TORMAID BAN MAC-LEOID.

Deoch-slainte Chabir-feidh so
Gur h-eibhinn 's gur h-aighearach;

Ge fada bho 'thir fein e,
'Mhic Dhe, greas gu 'fhearann e.
Mo chrochadh is mo cheusadh,
Is m' eideadh nar mhealadh mi,
Mur h-ait leam thu 'bhi 'g eirigh
Le treun neart gach caride.
Gur mis' chunnic sibh gu gunnach,
Ealamh, ullamh, acfhuinneach;
'Ruidh nan Rothach 's math ur gnothach,
Thug sibh sothadh madne dhaibh;
Cha deach Catich air an tapadh,
Dh' fhag an neart le eagal iad,
Ri faicinn ceann an fheidh ort,
'Nuair 'dh' eirich do chabar ort'.

B'e 'n t-amadan Fear Folais
A thoisich ri cogadh ort;
Rothich agus Rosich,
Bu ghorach na bodich iad;
Frisalich is Granndich,
An campa cha stadadh iad;
'S thug Foirbaisich 'nan deann-ruith
Gu sean taigh Chuil-fhodir orr'
Theich iad uile, cha do dh' fhuirich
An treas duin' a bh' acasan;
'N t-Iarla Catach ruith e dhachidh,
Cha do las a dhagachan.
Mac-Aoidh nan creach gun d' thar e as,
'S ann 'dh' eigh e' n t-each a b' aigeantich',
Ri gabhail an ratreuta
'Nuair 'dh-eirich do chabar ort.

'S ann an sin 'bh' am fuathas
Gan ruagadh thar bhealichean;
An deas dhuinn is an tuath dhuinn,
Gu luath 'ruith roimh d' cheann-eideadh;
Mar sgaoth de dh-eoin nam fuar-bheann.

Is gruaim air am malaichean,
A tearnadh bho na sleibhtean
Gu reidhlean 's gu cladichean.
Dh' eigh iad port 's gun d fhuair iad coit.
'S bu bheag an toirt mar thachir dhaibh:
Ciod an droch rud 'rinn am brosnach'
Le 'n cuid mhosg nach freagradh dhaibh.
'S iomad toirtear 'n chinneadh Rosach
A bh' air flod thar chlaigeannan;
'S ann ghabh iad an ratreuta
'Nuair 'dh' eirich do chabar ort.

Cha cheil mi-fhin mo dhurachd,
'S e 'dhuisg as mo chadal mi;
An Ti da 'n geill na duilean.
'S da 'n umhlich a h-uile neach,
Gun greas E thu gu d' dhuthich
Gu h-uisail 's gu h-urramach;
Gur tu nach leigeadh cuis leis
Na Dubh-Ghoill nach buineadh dhuinn,
'S tu 'bheireadh glomhadh dha d' luchd-
    cothich,
Gun fhios co a throideadh riut.
'M fine Rothach chuir thu fothad,
Ge mor leo an ladarnas,
Gan cur romhad le ruith chcimheach,
'S am Bail'-nodh' 'na shradagan,
'S na lasir ann sna speuran,
'Nuair dh' eirich do chabar ort.

Chunna mi 's taobh tuath thu,
'S gum b' uachdaran allail thu;
Bha Catich fo do churam,
Is dh' umhlich na Gallich dhuit.
Gach ti 'bha riut an diumba
'S nach durichdeadh sealladh ort,
Bha romhad 's tu gan sgiursadh,

Gu duthich nach buineadh dhaibh.
Le gaisreadh innealt dhe do chinneadh
Nach gabh giorag eagalach;
Luchd chlogad 's bhiodag 's chorcan biorach,
Cha tilleadh luchd-bagirt iad,
Thig feachd Mhic-Shimi gu do thilleadh,
'S ruithidh iad gu saidealta;
'S gun teich iad bho clar t' eudinn
'Nuair 'dh' eireas do chabar ort.

Tha 'm brochan a toirt sair dhuibh,
'S tha 'n cal a toirt at oirbh;
Ach 's beag a's misd' an t-armunn
Ur sath 'thoirt an nasgidh dhuibh.
Ge mor a thug sibh 'chaise
Thar airidhnean Asuinne,
Chan fhacas cuirm am Folais,
Ge mor 'bha de chearcan ann.
Caisteal bisrach nead na h-iolair',
Coin is gillean gortach ann,
'Chaoidh chan fhaicear ni mu'n tein' ann;
Mur bi dileag bhrochain ann;
'N aite mairt-fheoil 's e bhios aca
Cearcan 's iad gam plotaigeadh,
'S gan tional air an deirce
'Nuair 'threigeas gach cosnadh iad.

Chan fheil cun 's na speuran
A's breine na 'n iolaire;
Chan ionnan idir beus d' i
'S do dh-fheidh 'bhios 's na tirichean;
Bidh iadsan moch ag eirigh
A dh' fheuchinn na biolaire;
'S bidh is' air sean each caoile
A slaodadh a mhionich as.
Chuir i 'spuir a staigh na churrachd
'S thug i fuil a chlaiginn as;

'N t-eun gun sonas 'g iarridh donais,
Bidh na coin a sabaid rith';
'S breun an t-isean i air iteig,
Gun fhios cait an stadar leath';
'S ma leanas i a 'h-abhuist,
Chan fhearr far an caidil i.

Chan fheil eun ri 'fhaotuinn
'San t-saoghal 'tha cosmhuil riut
Chan ithear do chuid sithne,
Tha 'n Fhirinn gad mhallachadh.
Ged tha ort iteag dhireach,
Mar fhior shaighid chorranich,
'S ged thuirt iad riut am fireun,   .
Tha ingnean a chonais ort.
'S iomadh buachaille air fuar chnoc,
Agus cuaille bat' aige,
'Ni guidhe cruaidh do dh-eun do shnuaidh,
'S a bhuaileas bho do thapadh thu,
'Nuair bheir thu ruaig air feadh nan uan,
'S a bhios buaireas acris ort.
'Nuair thachras cabar feidh ort,
Gum feum thu 'bhi snasadh dha.

Tha cabar fearna Dhomhnuill
Mar spors ann san talamh s' ac'.
Nan innseadh sibhse dhomhs' e,
'S gum b' eol dhomh a charachadh,
Gun cuirinn fios gu h-eolach
Gu Seoras a's carid dha,
Gur h-e Coinneach Achadomhnill
Le lon 'chum an t-anam ris.
'Bhiasd gun mheas, gun mhiagh, gun
      ghliocas
Riamh bu tric 's an fhearann s' thu;
Dh'ol is dh' ith thu trian de d' phiseach,
'S tu an t-isean amaideach.

Chuir na Rothich thu air ghnothach,
'S tu an t-amhusg aineolach;
'S ged 'thug Clann-Choinnich miagh
    dhuit,
Cha b' fhiach thu 'n treas earrann deth.

Fire, faire, a shaoghail!
Gur caochlaideach, carach thu;
Chunnic mise Siphort
Nam pioban cruaidh sgalanta,
Nach robh 'n Alba 'dh-aon shluagh,
Ged shineadh Mac-Cailain ris,
Na chumadh ris 'san eudann
'N uair dh'eiridh a chabar air. —
Dh' eireadh leat an coir 's an ceart,
Le trian do neart gu bagarach,
Na bh' eadar Asuinn is fo dheas
Gu ruige Sgalpa chraganach,
Gach fear a ghlacadh gunna snaip,
Claidheabh glas no dagachan, —
Bu leat Sir Domhnall Shleite
'N uair dh' eireadh do chabar ort.

Dh' eireadh leat' fir Mhuideart
'Nuair 'ruisgteadh do bhratichean;
'S le 'n lannan dathte dubh-ghorm
Gun ciuirteadh na marcich leo;
Na Garranich 's Clann-Fhionghinn
Le 'n cuilbheirean acfhuinneach,
'N uair rachadh iad san iorghuill,
Gum b' ionghnadh mur troideadh iad. · · ·
Bidh tu fhathast 'gabhail aighir
Ann am Brathuinn bhaidealich.
Bidh cinneadh t' athar ort a feitheamh,
'S co a bhrathadh bagradh ort?
Bidh fion ga chaitheamh 'feadh do thaighe,
'S uisge-beatha feadanach;

S gur lionar piob gan gleusadh
'Nuair dh' eireas do chabar ort.

Glomhadh, or glamhadh, a voracious
bite. Gaisreadh, warlike troops.

Shortly before the battle of Sheriffmuir
William Mackenzie, Earl of Seaforth,
marched against 1,500 men, consisting of
Munroes, Rosses, Sutherlands and Mac-
Kays, who were encamped at Alness. He
compelled them to beat a hasty retreat to
Bonar Bridge. He had with him about
3000 men consisting of his own clan,
Macdonalds, Macraes, Mackinnons and
Chisholms. It seems that whilst he was
in the south with the Earl of Mar the
Munroes invaded Assint and carried off
cattle, cheese and everything they could
lay hold of. After Seaforth had fled to
France his affairs were managed by Don-
ald Murchison, an able and patriotic man.
He is evidently the Donald who is men-
tioned in the ninth stanza. The poet dis-
liked him, probably because he was not
more ferocious against Seaforth's ene-
mies. His cabar was thus too soft; it was
only a cabar-fearna. Seoras is probably
George Mackenzie of Kildun, who assist-
ed Murchison at the fight of Ath-nam-
Muileach in 1721. Seaforth was in France
when the poem was composed.

AM PIOBAIRE DALL.

The Blind Piper's father, Ruari Dall, was a native of Lord Reay's country. He was family piper to Mackenzie of Gairloch, and as such held his lands free of rent. He was born blind.

John MacKay, Am Piobaire Dall, was like his father born blind. He acquired the elements of music from his father. He was sent to finish his musical studies under the Mac-Crimmons in Skye. He spent seven years under these celebrated teachers. He succeeded his father as family piper to the Lairds of Gairloch. He was married, and had a son and a daughter. The son's name was Angus. The daughter became the wife of John Ross, and was by him the mother of William Ross, the poet. The Blind Piper was born in 1666. He died in 1754, being 98 years of age.

Angus, the blind piper's only son, received a fair share of education. He succeeded his father as family piper to the Lairds of Gairloch. He was a man of deep piety. His wife was a Fraser, and an aunt of Mackenzie of Badachro. He died young, leaving two children, a son also named Angus, and a daughter.

Angus spent some time in school, first at
Thurso and next at Inverary. He was a
good Gaelic and English scholar. He
was family piper and also gamekeeper
to Mackenzie of Gairloch. He farmed a
small strath south of Loch Maree. He
was married to a Macrae. He left Gair-
loch with his family and came to Pictou,
Nova Scotia, in 1805. He was an excel-
lent piper. John his son was born in
1794. John was a man of good informa-
tion and sound sense. He died in New
Glasgow about three years ago. The
chanter used by the blind piper is in pos-
session of Murdoch Fraser, Murchadh
Ghearrloch, of Churchville, Pictou
county.

BEANNACHADH BAIRD.

LEIS A PHIOBAIRE DHALL.

Dhia beannich an teach 's an tur,
'S an te 'thanic ur 'n ar ceann,
Geug shona, sholt', a gheibh cliu,
'Ni buannachd duthcha gun chall.

'Gheug a thanic ri deagh uair
Dha 'm bu bhuadhach muirn is ceol;
Ogha Choinnich an ruin reidh,
'S ogha Baran Strath-Spe nam bo.

Bho Iarla Shi-phort an tos
Dhiuchd an oigh a's glaine gne,
'S bho 'n Taoitear Shaileach a risd,
A b' umhail do 'n righ 's gach gleus.

'S bho Ghranntich, fine nach tiom,
'S bu bhuadhach iomairt 's gach ball
Bho Spe dha 'm b' iomadach linn
Toirt fhiadh de dh-fhirichean bheann.

Spe ann sam faighteadh gu pailt
Am bradan 'bu sgairtail leum,
'S e direadh bho chuan nan tonn,
'S ag iarridh nam poll glan, reidh.

Aig Clann-Ailpein nam fiadh dearg,
Leis 'm bu mhiann a bhi sealg 's gach
    frith,
Gheibhteadh fir ghasda gun cheilg
An am dol an seilbh na strith'.

Bho na cinnidhean nach fann
Thanic an oigh a's glaine li;—
Gruaidh mar chorcur is rosg mall,
Mala chaol cham is cul sliom.

Tha 'slios mar eala nan struth,
'S a cruth mar chanach an fheoir;
Cul cleachdach air dhreach nan teud,
Mar aiteal greine no oir.

Tha 'h-aodunn geal mar a chailc,
A corp sneachdidh air deagh dheilbh;
Maoth leanabh le gibhtibh saor',
Air nach facas fraoch gu feirg.

Gam meal sibh air n-ur bhean og,
A thriath Ghearrloch nan corn fial;

'S e toil chairdean as gach tir
Gum meal sibh i 's beannachd Dhia.

Gum meal sibh breith agus buaidh,
Gum meal sibh uaisle is cliu,
Gum meal sibh gach beannachd an cein
'S mo bheannachd fhein duibh air thus.

'S iomad beannachd agus teist
'Th aig an oigh a's gile slios,
'S beannachd aig an ti 'thug leis,
'Dh-aindeoin ceist le 'm fiachteadh ris.

Bu cheol cadil i gu suain,
'Si 'na buachaill' air do bheus;
Coinneal sholuis 'feadh do theach
'Frithealadh gach neach mar 'fheum.

'S buadhach an turas a bh' ann,
'Chord ris an uaisle 'n deagh thim;
Thug thu leat bho mhonadh bheann
Eilteachadh nach gann do 'n tir.

Ged nach robh mis' air a bhanis,
'S math leam gun d' rinn sibh deagh
        thuras;
Thug thu leat i thun a bhaile,
Geug nan geal lamh; 's math a h-urra.

———

Eilteachadh, rejoicing, gladness.

———

The Mackenzies of Gairloch are de-
scended from Hector Roy, third son of
Alastair Ionraic, sixth of Kintail. Sir
Alexander Mackenzie, ninth of Gairloch,
succeeded his father in 1703. He married

in 1730 Janet, daughter of Sir Roderick
Mackenzie, fifth of Scatwell, by his
wife, Janet, daughter of Ludovick Grant
of Grant. They separated in 1758 on the
grounds of incompatibilty of temper. In
1738 Sir Alexander pulled down the old
family residence of Stankhouse or Taigh
Dige, and built a new house in a much
better situation. He had nine children
by his wife, and three natural children.
He died in 1766, in the 66th year of his
age.

OIDHCHE DHOMH 'SAN TAIGH-DHIGE.

Oran do Mhac-Coinnich Ghearrloch.

LE RUARI BREAC MAC DHONNACHIDH BHAIN.

Oidhche dhomh 'san taigh-dhige
Mheadhrach, fhuranach, rioghail,
Oidhche 'dh-onair mo shaoghil
'Chuir mo dhorran air di-chuimhn,
Bha fuaim broillich air fidhlean
Aig fir ealanta ghniomhach,
'S fion gun ghainne, gun chrine, ga ol.

An taigh-dige nan gorm-chlach
'S am biodh miadh air luchd-falbhain
Chluinnteadh piob agus orgain,
'S gheibht' ann urram is seanachas;
'S uisge brioghail na tairgne
'Chur nan laoch ann am meanmna
O'n laimh 'dhioladh an t-airgiod 's an t-or.

'San teaghlach urramach, theistail,
Chluinnteadh farum nam feadan
Fo mheoir Iain gan spreigeadh,
'S fuaim do thalla gam freagirt;
Am fear eolis 'bu deise
Nach robh barr air am Breatunn:—
'S tu gun togadh le beadradh an ceol.

'S e do bhord a bhiodh riomhach
An am poite mu fhiontan;
'S lionmhor corn agus pios
Gan cur an ordagh gu prisail.
'S bhiodh do sheoid air gach taobh dhiot
'Thoirt do chorach a baoghal;
Ursann-chath' thu nach striochdadh 's tu
beo.

'N am 'bhi 'maoidheadh na creachan
'Thoirt a Gearrloch le bagar,
'S mise 'chunntadh do phrasgan;
'S cha b' e seorsa nan casag
Gheibht' an ordagh fo d' bhratich
Ach na h-oganich ghasda
'Dheanadh gniomh ann an slachdrich nan
seod.

Na fir chruadalach sgairtail
Dha 'm bu chomhdach am breacan,
Osan gearr fo na ghartan,
'S brogan dionach an astir.
Claidheabh mor a chinn-aisnich
Bhiodh air cruachan nan gaisgeach,
'S gunna cinnteach na glaise 'nan dorn.

'S tu 'n laoch macanta meanmnach
Nach d' fhuair masladh an garbh-bheirt,

Tha gach gach cuis leat an Albinn:
'S fhuair fir Shasuinn ort dearbhadh
Nach bu mhiann leat 'bhi leanabidh;
Gun robh braise 'nad sheanachas
'Nuair a chasadh an fhearg na do shroin.

'S tu triath meanmnach nan eilid
Dha 'm buin beanntan is eirthir,
Dha 'm buin iasgach is coille;
'S leat bu mhiann 'bhi ga tadhal
Le d' chuid ghiomanach laghach,
'S gunna gniomh' air dheagh fhradharc,
'Tolladh bhian far an laigheadh an ceo.

'S tu 'n laoch curanta, ciallach,
Bho fhrith mullich an fhiadhich,
Dha 'm bi aidhean gam biathadh
Mar-ri damh a chinn fhiadhain;
'S bhiodh na cisteachan iasgich
Air do bhuinneachan diana,
'S gur tu 'b 'urrinn an riaghladh, a sheoid.

'Nis bho 'n tharlaidh dhomh tighinn
Gu d' thaigh aluinn a shuidhe
Gum b'e m' ailleagan dibhe
Do dheoch-slainte-s', 'fhir chridhe,
Mar-ri oganich chridhail
'Gheibheadh doigh air an fhidhill:—
'S tu 'm fear cliuteach a's tighearnail seol.

An laoch calma gun athadh;
'Chraobh a's aille r'a h-amharc
Ann an garradh nan abhall,
'S i cho laidir na cathair
'S nach dean fall-shide 'crathadh;

Gheibh na tharas a gleidheadh
Fasgath 's blaths ris a chathadh fo meoir.

'Righ. gur boidheach do bhaile!
Le 'chuid planntichean ainneamh:
Le 'thaigh ard 's e air earradh
Le fiodh, sgliat, agus balla,
'S dearrsadh greine troimh ghlaine
Ann ad sheomrichean geala:—
'S bidh eoin bhinn' dhuit 's na crannibh
    ri ceol.

Ceann nam filidh 's fear-taighe
'N am na feisd 'bhi ga caitheamh:
Fear an fhoghluim, s na labhirt,
Riut a dh' eisdeadh na maithean.
'S bha thu treun air gach rathad,
Bu tu 'n dreagon gun athadh
'N uair a dh' fheumadh tu 'n claidheabh
    na d' dhorm.

Fo do shuaicheantas rioghail,
Ceann damh uallach na frithe,
'S iomadh oganach dileas
'Rachadh sios do na strith leat
'Thoirt do naimhdean fo chis dhiut;—
Nam biodh bruaillean bho 'n righ oirnn
Bu tu sar-bhroilleach an t-Siophortich
    oig.

Gun greas an sealbh thuginn dhachidh,
Le meas rioghail a Sasunn,
Iarla Shiphort nam bratach
Leis an eireadh na gaisgich,
'S leis nach diobradh an tapachd,

Neart na rioghachd bu leat-sa
'N uair a chit' thu an caisteal nan srol.

We do not know what Ruari Braec's surname was. He lived at Cromasg near Kinlocheme. The subject of the poem was either Sir Kenneth MacKenzie, eighth of Gairloch, or Sir Alexander his son and successor.

AM BARD MAC-MHATHAIN.

Murdoch Matheson, "Am Bard Mac-Mhathain," was a native of Lochalsh. He engaged when a boy as a calf-herd with Macrae of Inverinate. Lachunn Mac Thearlish oig, the poet, happened to be on a visit at Macrae's. Having been told that the calf-herd was a boy of poetic gifts he went to have a talk with him and addressed him thus: "C' ainm a th' ort, a bhalich?" He immediately received the following answer:—

'S mise Murchadh Mac-Mhathain
A teis-meadhon Loch-aillse;
Clann-Mhic-Rath a Cinntaile,
'S cinneadh mathar dhomh 'n dream sin;
'S car mi 'Linneinich uasal,
Luchd a bhualadh nan lann iad;
'S bu leo urram na bardachd
O 'n la bhasich Iain Manntach.

The poet replied, "'S math an gille, 's math a shloinneadh, 's math a *phòs.*" The calf-herd then said to him:—

Tailt' ort fhein, a Lachinn Mhic Thear-
    lich,
'S leat urram nan dan air fad;
Ach ciamar 'dh' fhiosrich thu mo dhiomh-
    aireachd,
'S nach faca tu riamh mo *phòs!*

It is stated that shortly after meeting Lachinn Mac Thearlich oig, Murdoch Matheson went to live with Mac Mhurch-idh Mhic Iain Ruaidh, and remained some time with him studying the art of poetic composition. He lived in Lochalsh, where he held free lands from the Earl of Seaforth.

——◆——

ORAN DO MHAC-SHIMI;

Air do 'n bhard gunna fhaotainn uaithe.

LEIS A BHARD MAC-MHATHAIN.

Gur a h-uasal am macan
A ghluais bhuainn air astar Di-mairt:
Gheibhteadh iasgach mu d' bhaile,
Agus fiadhach 'ad bheannibh gu h-ard.
Guidheam bliadhna mhath ur dhuit,
A Mhic-Shimi bho Dhunidh nan carn;
Gu ma buadhail dha t' aiteam
'Togail 'suas do chuid bhratichean ard'.

'Threith na Moraich gum b' ait leam
A bhi triall gu do gheatibh gach lo,
'Dh-amharc taighe na feuchdaig,
Gum b'e 'n t-aighear leam fein dol na coir,
Ribhinn ur nan ciabh clannach
Air am faichteadh fiamh glan ann san lo;
Sud an ceile 'tha mar-riut,
'S tric a dh' eisd mi ri farum a ceoil.

B' ann de d' chleachdinn-sa 'n comhnidh,
'Dheagh Mhic-Shinmi nan corn is nam pios,
'Bhi, gach feasgar 'n deidh noine,
'G ol gu frasach air beoir is air fion.
Bhiodh do mhaighdeannan grinne
Cur an caoimhneis am binnead le gniomh
Le ceol fonnmhor is abhachd
Ann an talla nan clarsach 's nan cliar.

Bhiodh do mhaighdeannan riomhach
Air an earradh an sioda 's an srol,
Nic-Gilleain a Muile,
'S nigh n Mhic-Dhomhnuill nan cular 's
    nan seol,
Agus leug an fhuilt riomhaich
Bho shar thaighteirean dileas nan corn;
'S tha do chairdeas gun teagamh
Ri deagh oighre Dhunbheagain Mhic-
    Leoid.

A Mhic-Shimi nan luth-chleas,
'S nam bratichean cubhridh de 'n t-srol,
Bho Dhunidh nan seang-each
Far 'm bu mhuirneach luchd-taighe ri ol,
Ma 's a triall dhuit air astar
A null uainn do Shasunn nan cleoc,

Gu ma slan 'thig thu dhachidh
Gu do thir 's am bi caithream a cheoil.

Seabhag suairc thu fo iteach,
Leis an eireadh na Frisealich og';
Sud am boinne deas, direach
De na chinneadh 'cho dileas 's tha beo.
Ge b'e chuireadh ort gruaman
An am tarruinn no bualadh nan stroc,
Gum biodh speic nan lann geala
'Tarruinn t' eiric a dh-aindeoin no dheoin.

Tabhir soridh no dha bhuam
Gu fearibh Cheanntaile so shuas,
Far an cinnteach a ta mi,
A bheil do dheoch-slainte ga 'luaidh,
'S mac na cleithe 'na shiubhal
Air an fheill mar bu chuibhe 's bu dual.—
'Nis mo bheannachd leibh uile,
'S bidh mi 'falbh le mo ghunna fein uaibh.

Gluaisidh mis' le mo chuilbhair
'Thilgeas fada, caol, cuimseach, le fuaim,
'S cluinnear sgeul air an armachd
Aig fir is aig seanachdidh 'n taoibh tuath.
Gluaisidh mise mar 's eol dhomh
Gu Mhac-Shimi nan roseal o 'n d' fhuair;
'S nam biodh a gheal-s' air a chuspair
Bhiodh mo ghradh-sa ga 'druideadh ri m'
    chluais.

———

Lord Lovat made the poet a present of
a gun. The poem was not composed be-
fore 1717.

ORAN

Do Dhomhnall Mac-Gilleain, Fear Bhrolais

LE DOMHNALL BAN MAC-GILLEAIN AM
MUILE.

'N tus an t-samhridh so, 'bha
Dhuinn mar gheamhradh gun bhlaths,
Chaidh ar ceannard fo chlaribh duinte;
Ann an ciste nam bord,
Air a sparradh le ord,
'S sinn ga 'seuladh le bron dubilt'.

Sliabh-an-t-sioraim gun stath
Chomhdich sinne 'measg chaich,
Le lan togar, gun sgath, gun churam.
Mar bu chubhidh 's bu dual,
Bha thu 'n toiseach an t-sluaigh,
'N deidh an t-ordagh 'thoirt bhuait do d'
      mhuinntir;

'S tu mar leoghann gaig, mor,
A threin churanta, oig,
Le d'lainn sholuis 'ad dhorn gu dioghailt.—
'S math a thigeadh dhuit clioc',
Agus at a bhil' oir;
Fear do choltais cha bheo mu 'r timchioll.

Do cheann-cinnidh 's tu fein,
Bha san iomart gu treun,
'Deanamh millidh air treud an Diuca.
Cha robh gaisgich oirnn gann
Ann san t-slachdrich a bh' ann,
'S cha bu bhochd leinn mar cheannard
      duinn thud.

A ghnuis sheircail an aigh,
Dha 'n robh freasdal do chach,
Cha bu bheagan 'bu lan 'a d shuilean.
Ge b' e 'thogadh ort strith,
Cha b' i 'n obair gun bhrigh,
'Fhir 'bu togarrach sith 's nach diultadh.

S ann an toital nan each
'Bha do chosmhalas bras,
'Fhir da m buineadh a mhaise urla.
Ann an caithream nan arm,
Bha thu farumach, calm',
Cha bu shuarrachas t' fhearg r' a dusgadh.

'N uair a thigeadh tu 'mach,
Air do chois no air each,
'Dhol an coinnimh ri luchd do dhiumba,
Is a chaochladh tu snuadh,
Gum b' fhath curim d' an cluais
An lamh a b' iomadach buaidh 's bu
    chliuiteach.

Och nan och a ta buan,
Gu bheil sinne dheth truagh
O 'n la 'chunnic sinn t' uaigh ga 'burach;
'N darna h-oighre 'bha beo
De shliochd ceart Eachinn Oig;
Creach nan creach thanic oirnn ri aon
    uair.

'S e bas Caiptin nam buadh
A dh' fhag sinn bochd truagh;
'S cairdeach Padric 'san uair so dhuinne;
Bas an duine so 'dh' fhalbh,
A dh' fhag cuimir ar stoirm,
'S fath ar duilichinn soirbh ri' dhusgadh.

Fath ar caoinidh 's ar sprochd
Nach caoin shuarach ar lot,
Ach cueidh shic a ta goirt r'a giulan,
Chaidh a chuibhle mu 'n cuairt,
A dh' fhag dubhach ar gruaidh;
Chan fheil eibhneas 'san uair so dhuinne.

Thuit am fluran le beum,
Oirnn' is soilleir an leus,
Ceann ar cinnidh chan fheud e dusgadh.
'Thi 'bha labharach, ard,
Bha thu min 's bha thu thu garbh;
'Righ, bu smachdail do ghnaths ri d'
      dhuthich!

Oirnne 'thanic an fhras,
A mhill snodhach ar slat
'Chunnacas roimhe so pailte, urail.
Ge bochd mise air aon,
Cha lot dris' a ta 'm thaobh,
Ach sathadh biodaig le faobhar dubilt'.

'S ann a ghearradh an cnaimh,
Thuit an smear as gu lar,
'S leigh 'sa chruinne cha slanich dhuinn e,
Ach an leigh a ta shuas,
D' an leir laigsinn an t-sluaigh,
Is da 'n deanar 'san uaigh leinn lubadh.

Esan 'dh' amharc 'na iochd
Air a ghnothach 'ta brisd',
'S a bha roimhe fo mheas le curam,
Ann an statalachd beachd,
Gun aon fhailinn, gun airc; —
Cha d' fhuair namhid le neart riamh
      puic dhinn.

Oirnn' a thanic i cas;
Fhroiseadh snodhach ar slat
'Nuair a shaoil sinn 'bhi pailt is urail.
'Chraobh de 'n abhall a b' aird'
Thuit a snodhach gu lar,
Gus 'n do theirinn a blath 's a h-ubhlan.

'S ann 'san innis fo lic
A ta 'm fear a bha glic,
Da 'n robh misneach, is meas o 'n Diuca.
Bha thu macanta, blath,
Bha thu pailt ri luchd-daimh,
'S bu mhor smachdalachd gnaths do
    ghiulain.

Thuit am fiuran bha treun,
Is d' a chinneadh mar sgeith;—
Tha 'm fear gaisgeanta, ceillidh, cliu-
    teach,
Ann an ciste nam bord,
Air a dubhadh fo 'n t-srol,
'S tha sinn uile fo bhron ga t' ionndrinn.

———

Donald, first Maclean of Brolas, was a
son of Hector Og of Duart, and was
known as Domhnall Mac Echinn Oig.
He fought in several battles under Mon-
trose. He was lieutenant-colonel of the
Macleans at the battle of Inverkeithing.
He had three sons, Lachlan, his succes-
sor, Hector Mor, and Hector Og. Lach-
lan, second of Brolas, died in 1687, in
the thirty-seventh year of his age, leav-

ing two sons, Donald and Allan. Donald third of Brolas, was lieutenant-colonel of the Macleans under Sir John, chief of the clan, at the battle of Sheriffmuir, in 1715. He received two severe wounds on the head from a trooper's saber. He died in 1725, in the fifty-fourth year of his age. He was buried at Inch-Kenneth. He was a prudent man, and was very popular.

MR. IAIN MAC-GILLEAIN.

Ewen, ninth Maclean of Treshnish, married Margaret, daughter of Neil Maclean of Drimnacross in Coll, by whom he had four sons, Hector, minister of Coll; John, tenth of Treshnish; John, minister of Kilninian and Kilmore in Mull; and Lachlan. John, the third son of Ewen of Treshnish, was licensed to preach, February 25th, 1702. He was ordained and inducted as minister of Kilninian and and Kilmore, September 13th, 1702. He married Isabella, daughter of Charles Maclean, in Tyree, Tearlach Mac Neill Bhain, by whom he had Alexander, Ann, Mary, and Catherine. He died March 12th, 1756, in the 54th year of his minis-

try. He was, as testified by the Presby-
tery of Mull, a man of great zeal for the
interest of religion, and the dignity of the
ministerial character. He was the author
of several poems. He was succeeded as
minister in Kilninian and Kilmore by his
son, Alexander, who died in 1765, leav-
ing two sons, John, a captain in the
army, and Lachlan, a major-general.

ORAN GAOIL.

LE MR IAIN MAC-GILLEAIN.

Tha tamull on sguir mi de 'n dan,
Ge h-e so 'n t-am 'sam b' fhearr 'fheum:
'S diomhain a leig mi mo chas
Seal mun d' chuir mi uigh 'san t-seilg.

An tus m' aimsir bha mi baoth,
Mar a ghaoth air feadh nan speur,
'Cosg mo laithean air bheag stath,
'S gur soilleir a bhlath orm fein.

'Nis on thuig mi m' eucoir mhor,
Cliu is gloir do dh-aon Mhac De;
Mo run fheadh 's a bhios mi beo
Gun seachinn mi gloir gun fheum.

Ri diomhanas thug mi mo bhoid,
'Chaoidh de m' dheoin cha dean mi breug;
Labhram gun bharrachd, gun bhosd,
Air ribhinn oig an or fhuilt reidh.

'S iomadh laigs a tha 'san fheoil,
Fheadh 's a bhios sinn beo sa chre;
'S ma 's ann de 'n ghne sin an gradh
Gur lionte, lan dheth 'tha mi-fein.

'S e mo bharail, fo bhreith chaich,
Gur a laghail gradh gun bheud;
Mur a saoilinn sud 's gach uair
Dheaninn strith gu 'bhuain a fhreumh.

Seal mun d' fhas thu ach gu h-og,
'S tu 't fhaillein beag, boidheach, reidh,
B e barail gach aoin dha 'm b' eol thu
Nach bu chno thu bharr bun geig?

'S iomadh buaidh ri mealladh graidh
Eadar do bhraghad 's do chul;
Suil mhiogach, mhiochuiseach, bheo,
Mheallach, choir, mar dhearc fo dhruchd.

Gle gheal do bhraghad 's do bhas,
Gle gheal do chas is do dheud,
Gle gheal do chneas 'tha sliom, ur,
Mar am flur no 'n canach sleibh.

Beul min-dearg, meachair, mar ros,
O n dig gloir ga socair, reidh,
Is mo mo mhiann air do phoig,
Na air na tha 'dh-or fo 'n ghrein.

A d' ailleachd ge dearbha mi,
Is mo mo mhiann air do bheus;
'S tu ceanalta, ceillidh, suairce,
Socair, uasal, modhail, seimh.

Ged tha ailleachd ort mar bhuaidh,
'S dreach snuaidh do nach coimeas cach,
Na dean uaill a sgeimh na h-oige

Mar bhair feoir a 's diombuain blath.

Bheir mios' de dh-euslaint' an nuas
An snuadh a's dreachmhoire fas;
Dreach aluinn is dealbh gach duil
Iompar gu uir leis a bhas.

Cuimhnich do Chruithear 'tha shuas,
'S cuir uigh gu h-iomlan na 'ghras;
'S gum b' e do ghliocas 's do chiall
A riar a dheanamh do ghnath.

'S lionmhor laoch tha ort an toir,
Sud na sgeoil nach binn leam fein;
Cuid diu 'tha camadh nan beoil,
'S cuid diu 'tha 'n sron fo 'n aon ghleus.

Chan fhas ubhlan air an dris,
No deagh mheas air coille chrin,
'S ni 'n creidinm gur cridhe cruaidh
'Tha fo 'n ghruaidh a 's maisich' sgeimh.

T' ainm ni aithreach leam a luaidh,
'S gur ionnan d' a fhuaim 's d' a ghne,
Nigh 'n Dhomhnuill o Chuil nan Sonn;—
Sud am fonn san robh ar freumh.

So dhuit-s', a chailin nam buadh,
Tiodhlac de shuairceas mo bheoil,
Is thoir na chomain an duais
A's cubhidh dha t' uaisle mhoir.

———

Phos nighean Dhomhnuill fear eile, a
reir coltais Caimbalach no Camaranach.
Miochniseach, bewitching.

DAN MOLIDH.

Do 'n Ghaidhlig 's do 'n Fhaclair Ghaidhlig a chuireadh am mach le Eideard Luid 'sa bhliadhna 1704.

LE MR IAIN MAC-GILLEAIN.

Air teachd o 'n Spain do shliochd a
    Ghaidhil ghlais,
Do shliochd nam Milidh,'n fhine nach bu
    tais,
Bu mhor an sgleo 's gach fod air cruas an
    lann,
'S air filidheachd le foghlum nach bu
    ghann.
N uair 'dh' fhas am por ud mor a bhos is
    thall
Bha meas is pris fo 'n Ghaidhlig anns
    gach ball.

An teanga lionmhor, bhrioghmhor, bhlas-
    da, bhinn,
'S o chanain thartrach, liobhte, ghasda
    ghrinn!
An cuirt nan righ tri mile bliadhn' is
    treall
Do bha i 'n tus mun d' thog cainnt Dhubh-
    Ghall ceann.
Gach filidh 's bard, gach leigh, aosdana 's
    draoidh,
Druibhnich is seanachidh, fos gach ealain
    shaor
Do thug Gatelus leis o 'n Eiph 't an
    nall,
'S a Ghaidhlig sgriobh iad sud le gniomh
    am peann.

Na diadhairean mor' 'bu chliu 's bu gloir
    do 'n chleir
'S ann leath' gu tarbhach 'labhir iad
    briathran Dhe.
'S i labhir Padrig 'n Innisfail nan
    righ,
'S am faidhe caomh sin Calum naobh
    an I.
B' i 'b' oide-muint' do luchd gach duthch'
    is teang';
Chuir Gaill is Dubh-Ghaill uic' an iul 's
    an clann.
Na Frangich liobht' a lean gach tir am
    beus
O I nan deoridh ghabh am foghlum
    freumh.

'Nis dh' fhalbh i bhuainn gu tur, mo
    nuar 's mo chreach!
'S tearc luchd a gaoil;—b' e sud an saogh'l
    fa seach.
Reic iad 's a chuirt i air cainnt uir o 'n
    de,
'S do threig le tair, 's bu nar leo 'n canain
    fein.
Thuit i 'san uir araon le h-ughdaribh
    geur',
'S na flaith da 'n duth i ghabh d' a cumh-
    dach speis.

Air Eideard Luid biodh agh is cuimhn' is
    buaidh,
A rinn gu h-ur a dusgadh as a h-uaigh.
Gach neach 'ta 'fhreumh o 'n Ghaidheal
    ghasda gharg,

'S gach dream dha 'n duth a chanain ur
   mar chainnt,
'S gach aon do chinn air treubh 's air linn
   an Sguit
An duais a's fiach thu 's coir gun iad
   dhuit,
O'n bhanrinn air an trath-s' a bheil an
   crun.
Gu ruig am bochd da 'n ait an nochd an
   dun.
Bha 'n ainm 's an euchd o linn nan
   ceudan al
Tre mheath na Gaidhlig 'dol a cuimhne
   chaich.
'Nis 'n uile ghniomh chluinn criochan
   fada thall,
'S deir iad le cheil, "Bha Gaidhil aon
   uair ann;
'S na 's fearr, a shaoidh, bidh briathran
   liobht' 'n ar beul,
Lan seadh is brigh le 'n nochdar firinn
   Dhe.
Cia fios an Ti 'chuir 'n Aholiab tur,
'S am Besailil, a thogail arois uir,
Nach E so fein do ghluais 's do ghleus
   dhuinn Luid
Le tuigse threin le 'n dugt' an ceum so
   trid;
'Bhrigh 'bhi na run 'ainm 'dheanamh
   cliuiteach, mor,
Air feadh nan crioch 'san d 'fhuair na
   Gaidhil coir.
Gum h-amhlidh 'bhios; 's gach neach do
   chi an lo
Biodh t' ainm-sa sgriobht' 'na chridh' an
   litreach oir,

Agus na chuimhne, 's gheibh thu 'chaoidh
    uam fein
Beannachd is failt' le m' chridh', le m'
    lainh, 's le m' bheul.

Edward Lhuyd was a native of Wales.
He was a distinguished Keltic scholar.
His Archaeologia Britannica, a work of
great value, appeared in 1704. It con-
tained a Gaelic-English vocabulary.

ORAN

Air dol sios Chloinn-Ghilleain.

LE MR IAIN MAC-GILLEAIN.

Ged is grianach an latha
'S beag mo shunnd-sa ri aighear,
O'n la chuala mi naidheachd mo leoin.

'S beag air cadal mo luaidh-sa
'Bhrigh na naidheachd s' a fhuair mi;
'S tric ga 'fliuchadh mo chluasag le bron.

S beag mo shunnd ris an taileasg,
Chan fheil m' fhiodhull ach tarcach,
'S cha deid teud ann am chlarsich ri m'
    bheo.

'S tearc mo ghruaidhean-sa tioram,
Ach, mar alltan 'ga mhirid,
Tha mo shuilean ri sileadh nan deoir.

Och, mo thruaigh-s' an fhine
Tha gun choir, gun cheann-cinnidh,

Gun aite, gun ionad, gun treoir.

Iad mar luing a bha gleusta
'N deidh a h-acfhuinn a reubadh
Is gach aona mhuir a leumrich r' a bord;

'Chaill a caball 's a h-acair,
'S 'tha gun stiuir, gun bhuill-beirte,
Gun chairt-iuil, gun chul-tacs' ann sa cheo.

Tha bhur n-abhall air crionadh
Eadar ard agus iosal,—
Gach aon latha dol sios mar an smeoir.

'Shliochd Ghilleain na Tuaighe
Bu mhor ainm ann an cruadal
Cha bhi cuimhn' air bhur dualchas na 's
    mo.

Cha bu laigse bu dual duibh
Ach a ghnath a bhi 'n uachdar;
'S ann a dh' inmich gach buaidh a bha
    oirbh.

Bu mhor riamh 'bha 'ur n-eagal
Air gach dream air 'm bu bheag sibh,
Gus an d' fhuair sibh bhur leagail fa-
    dheoidh.

'S mor bhur truaighe 's bhur leatrom,
'S olc a bhuaidh, is cha bheag i,
Nach h-'eil duin,a ghabh ceist oirbh nach
    d' fhalbh.

An nis faodidh Mac-Cailain,
Ni 'bha cruaidh air re tamill,
A dhubhan a sparradh 'nar sroin.

Ach biodh cuimhn' air Sir Eachann,
'Thuit le cruadal 's le tapadh
'N Ionarcheitein 'sna chasgradh na sloigh:

Agus fos air Sir Lachinn,
A bha rioghail, ro bheachdail,
'Bu mhath gniomh 's bu mhor feachd aig
    Montros;

Is air Eachann nan dian chath,
'Rinn a chorp mar sgeith dhidinn
'Choimhead pearsa a righe bho leoin.

Ann san tung tha Righ Tearlach,
Agus Seumas a bhrathair,
'S chan e 'n sliochd no 'n luchd-pairt 'tha
    'nan lorg.

'S olc a choir a th' oig Uillam
Bho Olaind nan currachd,
Air comhnadh bho dhuine d' ur seors'.

B' fhad o 'cheil' an da larich
'S an robh esan is iadsan,
'S mo bhur caoimh ris a Phap 'tha 'san
    Roimh.

Cha b' ann idir d' a fhinnsribh
'Bha sinn 'dearbhadh ar gniomha
Ach do theaghlach nan righrean a dh'
    fhalbh.

Gur h-e bhuineadh do dh-Alba
'Chathir rioghail aic earbsa
Ri fear de shliochd Fhearghuis nan corn.

De shliochd Shimain an Eirinn,
Bho Ghaidheal Glas gleusta
'Choisinn cliu ann an Eiphait an oir.

B' fhada cuimhn' air bhur seanachas,
'Shliochd nan curidhnean calma,
Ged a rinneadh le ainneart bhur leon.

A Shir Iain, mo thruaighe,
'S tu 'tha ormsa mar chruaidh chas;
'S goirt a bhuille so 'fhuair thu gu h-og.

Chaill thu seilbh air do dhuthich,
'Chionn bhi seasamh le durachd;
'S be bhi rioghail a chiurr thu gu borb.

Is beag solais do chairdibh
Ge b' e rioghachd 'san tamh thu,
Ann san Fhraing no 'san Spainn no 'n tir
        Phoil.

'S mairg a chailleadh a dhaoine
Le a righ no na aobhar
Is gun fhios gu de 'n taobh thig an
        stoirm.

Cha b' e spionnadh na pairtidh,
Cha b'e 'n lann no lamh laidir
Thug am ball dhaibh fo shailibh am brog.

Gur h-e 'n Righ 'tha 's na neabhan
A ni iseal no ard neach,
'Thug a chuibhle so 'n drast mu 'n cuairt
        oirnn.

'N uair a bha i a tionndadh,
'S i 'cur char gu ro-iomluath,
Thilg i sinne fo 'h-iomlibh san lon.

Leis an roth sin a thilg sinn,
Co 'tha fiosrach no cinnteach,
Nach faodamid direadh gu foil!

Dh' fhaodadh bas nan triuir Lachinn,
'S an aon bhliadhna 'rinn tachirt,
'Chur an geill gun robh 'n car so 'nar coir.

Car de charibh an t-saoghil
Gu de a bhrigh 'bhi caoineadh,
S gearr an uair gus an caochail sinn fod.

Ged tha 'n staid so ro dhuilich
Gidheadh 's feudar a fulang;
'S tric an silean a cruinneachadh poir.

'S iomadh craobh 'chaidh a gearradh
Cheart cho iseal s an talamh
As an siolaicheadh faillean is meoir.

'Fhir tha dhuinn ann at athair,
Tha ar duil ann ad mhathas,
'Nis on fhuaradh leinn crathadh na 's
    leoir;

'Fhir a chlaoidh sinn le anradh
A mhuir-lain is an traghidh,
Seid deagh shoirbheas do ghrais ann ar
    seol.

'Fhir a leag sinn gu h-iseal,
Tha sinn uil' ort a griosadh,
Tog a suas sinn mar chitear gu d' ghloir.

Tha ar cridheachan craiteach,
Tha sinn muladach sarichte,
Chuireadh bior ann am airnibh 's mi og.

'S e dol sios Chloinn-Ghilleain
'Bu mhath gniomh air a chlaidhibh,
A dh' fhag mise gun aighear gun treoir.

———

Eachann nan dian chath; Eachann
Odhar, a mharbhadh ann a Flodden a
dion a righ bho shaighdean nan Sasunn-
ach. In a note he is called Eachann nan
Imbristen, which probably means Each-
ann nan Imreasain, Hector of the contro-
versies. Fearghus nan corn; Fergus Mor
Mac Earc, a petty king in Argyleshire
about the year 503. Siman, Simon Breac,
an imaginary Irish king, who reigned at
Tara. He was descended from Milesius,
who was descended from Gaidheal Glas,
the progenitor of the Gaidels of Scotland
and Ireland. Na tri Lachinnean; Lach-
lan, 2nd of Brolas, who died in 1686;
Lachlan, 3rd of Torloisk, and Lachlan,
8th of Coll. .

——— ◆ ———

MARBHRANN

D' a mhnaoi, Iseabal Nic-Gilleain.

LE MR IAIN MAC-GILLEAIN.

'N am dusgadh dhomh as mo chadal
Tha smaointeachadh m' aignidh goirt,
'S mi aig ionndridn nach h- eil agam
Bean chaomh a chaidrimh nach b' olc.

Fhuair mis' an coingheall o Dhia thu
Da fhichead bliadhna 's a h-ochd;
'S chaith sinn an uine gun chanran,
S cha chuala cach sinn a trod.

Ach 'chionn nach h-ann agam-s' a fhuar-
adh,
'S nach robh m' aont' dhi buan gun
chrich,
Nuair 'thagir an Ti a thug bhuaith' i,
Leig mise bhuam i gun strith.

'S uaigneach leam-sa 'bhi leam fein,
Ach 's eiginn dhomh fuireach am thosd;
Ordagh Righ nan sluagh gu leir
Gu de 'm feum 'bhi ris a trod?

Tha do leaba leam cumhann, fuar,
Ach bhlaitich Criosd an uaigh le blaths;
Is as a Bhas gun dug e 'n gath,
Sgeula math 's cuis aighir e.

Gu de 'm feum dhomh 'bhi gad chaoidh
'S nach faigh mi a chaoidh thu air ais!
Theid mise ri 'uine 'nad dheidh,
'S cinnteach mi gun deid an cais.

Tha do chadal samhach, buan,
Gu aiseirigh an t-sluaigh o 'n bhas;
'S aghmhor a chobhir a rug ort
O anshocir ghoirt 's o chradh.

Tha mo dhochas ann an Criosd,
'N Ti 'dhiol airson peacadh chaich;
The 's tric a riarich am bochd
Gu bheil t' anam an nochd 'na bhlaths.

Cuid eile 'chuis m' aoibhnis mhoir,

'S nach d' fhaod gum b'e bhi beo do chas,
Thu bhi foirfi an naobhachd gu i spot.
Gun pheacadh, gun lochd gu brath.

Comhail sholasach le 'cheile,
Tha mi 'guidhe Dhe de 'ghra.,
'Bhi agamsa 's agad fein
An talla 'n eibhnis 's an aigh.

An creideamh na puinge so fein,
An duil eisdeachd ann sa chas,
Tha mo run-sa fuireach ri m' re,
Gun mhonmhor, gun eis, gun chradh.

Cha robh do theanga-sa luath;
Co de 'n t-sluagh da 'n dug i beum?
B' fhurasd' dhomh cliu a thoirt ort
Nach coisneadh a h-uile te.

Ach o nach h-'eil m' uidh-s' ann an sgleo,
'S nach mo 'tha agad-s' air feum,
Fanidh mi tuilleadh 'am thamh,
Ach mo bheannachd gu brath 'ad dheidh.

FEAR CHRANNAIRD.

James Shaw was laird of Crathinard in
Glenisla, Forfarshire. He fell in love
with Ann MacHardy, a niece of the Earl
of Mar and heiress of Crathie in Aber-
deenshire. He ran off with her and mar-
ried her. She is the subject of the fol-
lowing song: —

ORAN GAOIL.

LE FEAR CHRANNAIRD.

Is mor mo mhulad, cha lugha m' eislean,
Ge b' e a dh' eisdeadh rium.

Is tric ag amharc mi thar a bhealich,
Is m' air' air dol an null.

Is iom' oidhch' anmoch a mhol mo mhean-
mna
Dhomh dol do 'n ghleann ud thall.

Far 'm biodh a ghruagach ghrinn bhoidh-
each shuil-ghorm,
Is i gu cul-bhuidh' cruinn.

O shiubhlinn giusich ri oidhche dhubh-
dhuirch,
Ged bhiodh an druchd tiugh, trom.

Is shnamhinn thairis gun raimh gun
darach,
Nam biodh mo leannan thall.

'S cha chumt' air m' ais mi le sruth de
'chaisid,
Ged bhiodh mo leac fo thuinn.

Gun doirinn d' i sin, a phealltag riomhach,
Is siod air bun a duirn.

Is gheibhinn bhuaipe an criosan disneach
Air am bu lionmhor buill.

'S e gaol na ribhinn a rinn mo lionadh,
Bean chaoin nam min rosg mall.

Ged theid mi 'n leaba chan fhaigh mi
    cadal,
O chan fhoil m' aigneadh leam.

Is tric mi faicinn do ghnuis am bruadar,
A bhean a chuailein duinn.

Do shlios mar fhaoilinn, do ghruaidh mar
    chaorann,
Do mhala chaol gun luinn.

Bho d' bheul binn lurach gum faigh mi
    furan,
'S a ghaoil, chi duilich lium.

O Anna bhoidheach a 's geanail ceolmhor,
Is truagh nach posdt thu rium.

Is mis' tha bronach 's tu dol a phosadh,
Is mi bhi 'n coir nam beann.

Gun bhearn 'am dheudich, gun chais' 'am
    eudann,
Tha uchd mo chleibh gun srann.

Cha b' e lugh d m' fheudail' thug ort mo
    threigsinn,
Ach comunn geur nan Gall.

Gar 'bheil mis' eolach mu chur an eorna,
Gun gleidh'nn dhuit feoil nam mang;

Fiadh trom a fireach, is breac a linne,
'S boc biorach donn nan carn;

An lachag riabhach, geadh glas nan Iar-
    inns',
Is eala 's ciatich' snamh.

Ian ruadh nan ciar bheann, mac criosgheal
    liath-chirc ,
Is cabaire riabhach coill.

Ged a bu leamsa gu ruig Lochabar,
Agus na b' fhaide thall.

Eilgin is Muridh, 's Dun-eideann mar-riu,
'S na bheil de dh-fhearann ann;

Gun cuirinn suarach sud air bheag
    bruaillein,
Mun duginn bhuam an geall.

MR. DOMHNALL MAC-LEOID.

Donald, fifth and youngest son of
Sir Roderick Mor Macleod of Dunvegan,
was the first Macleod of Greshornish.
He had four sons, Alexander, Norman,
William of Cleigan, and Roderick of
Ullinish. Alexander died before his
father, leaving a daughter Janet, who
was married, first to John Macleod,
second of Talisker, and secondly to Sir
James Macdonald, twelfth of Sleat. Nor-
man succeeded his father in Greshornish.
Norman married Catherine, daughter of
Lachlan Maclean, ninth of Coll, by whom
he had three sons, Donald, his heir and
successor, Alexander and Magnus.
    Donald, third Macleod of Greshornish,

was educated for the ministry. He
graduated at the University of Aberdeen
in April 1718. He was ordained and set-
tled in the parish of South Uist in May,
1736, and translated thence to Duirinish in
Skye, in August, 1754. He married
Sept. 6th, 1728, Ann Maclean, by whom
he had Alexander, who died young, Nor-
man, his successor in Greshornish,
Alexander, a colonel in the Madras army,
Catherine, Mary, Alexandrina, and Mar-
garet. He died January 12th, 1760.
His wife died Dec. 25th, 1774. He was
about 62 years of age at the time of his
death.

BEANNACHADH BAIRD.

LE MR DOMHNALL MAC-LEOID.

Mile failte dhuit le d' bhreid,
Fad do re gun robh thu slan;
Moran laithean dhuit is sith,
Le d' mhaitheas 's le d' ni 'bhi 'fas.

A chulidh-cheille s' a chaidh suas,
'S tric a tarruinn buaidh air mnaoi;
Bi-sa subhailceach d' a reir
On thionnsgainn thu fein 'san strith.

An tus do choimh-ruith, 's tu og,
An tus gach lo iarr Righ nan dul,
'S chan eagal nach dean thu gu ceart;

Gach dearbh bheachd a bhios ad r m.

Bi-s a fialidh, ach bi glic,
Bi misneachail, ach bi stold;
Na bi bruidhneach, 's na bi balbh,
Na bi mear, no marbh, 's tu og.

Bi gleidhteach air do dheagh run,
Ach na bi duinte, 's na bi fuar:
Na labhir air neach gu h-olc,
'S ged labhrar ort na taisbean fuath.

Na bi gearanach fo chrois,
Falbh socair le cupan lan;
Chaoidh do 'n olc na tabhir speis,
'S le do bhreid ort, mile failt'.

AN DEALACHADH.

LE MR DOMHNALL MAC-LEOID, MINISTIR AN
UIBHIST A' CHINN-A-TUATH.

Ge subhach comunn nan cairdean,
'S tursach an sganradh o cheile,
Airson ana-meinneachd pairtidh,
Ceangal graidh agus dheagh bheusan.

B' eibhneach sinn ri 'r teachd d' ar talamh,
B' eibhneach bhur tamh 'n ar bunidh,
B' eibhneach sinn an raoirnam fanadh,
'S cis cha ghabhamid de thuilleadh.

A diugh ar solas dh' fhogir bron,
Ar dochir gur h-eiginn triall;
Chi sinn air fhad 's gam fan seoid
Dealachadh fa dheoidh gur rian.

Dealachadh ri comhlan gun fhiamh,
Anns gach gniomh 'tha fearail borb;
Tha baidheach 's nach soradh sith,
S an namh a's faobharich colg.

Mo chion Domhnall, ioanhaian Raari.
Ceann agus aidmheil o Loid;
Da urla gun smur 'n an sealladh,
Cuim dheagh ghlan o 'n camall p'ot.

'S ionmhuinn bhur cleire ich ge rua lh,
'S bhur parson ge fuar a bhrigh,
'S ionmhuinn bhur n-oigridh 's bhur li ch,
Ar gean leibh 'n 'ur triall gu Sgi.

Comunn 'tha iosal is ard,
Comunn 'tha garbh agus min,
Comunn tha gorach is glic,
Comunn 'tha measail neo-chrion.

Comunn 'tha baidhail ri bochd,
Comunn 'tha gun lochd 'nan gne,
Comunn tha ceanail am poit,
Comunn coir, an comunn reidh.

Comunn ri 'n leigeamaid ar run,
Gun imcheist air cul ar cinn,
An comunn glan a dh' imich uainn,
Air bhur geard gach uair bidh sinn.

Thog ar meanmna ri bhur teachd
On dh' fhalbh sibh tuitidh ar sprochd;
Ait leinn sibh 'bhi treun 'n ur neart,
Le ceart ge trom sinn an nochd.

Ach 's e ar guidh' ri Righ nan sluagh
O mheachinn nan tonn bhur dion
Gu 'n uair an dean eibhneas lan
Ar comuinn chairdail subhach sin.

MARBHRANN

Do dh-Iain Ciar Mac-Dhughill.

LE DOMHAALL MAC-AN-T-SAOIL.

'S mor easbhidh Latharn' am bliadhna
'Caoidh mu 'n sgial air nach dig muthadh,
Iain Ciar 's a cheann gu h-iosal,
'S leir do 'n tir 'gan dith Mac-Dhughill.

Tha smal air uaislibh do thaige,
Gun luaidh air aighear no sugradh,
Bhon dh' fhagadh thu 'n Cille-Bhride,
'S nach dean sgal pioba do dhusgadh.

Fhuair maithean nan Gaidheal bristeadh
Bhon a chaidh thu 'n ciste dhuinte;
Is laigid a chearn so uile
Nach faicear tuilleadh 'san Dun thu.

'S iomad mac a chaochail nial
Ri am do 'n triath dol fo lic;
Ge minic a ghineadh a chlann
B' ainneamh do shamhla 'nam measg.

Chaochail na siontan 'n trath 'dh' eug,
Bha 'n speur a sileadh gu tric,
Chaidh toradh na coille air chall,
A cnuasachd, a blath, s a meas.

Bha tha truacanta ri bochd,
Bha thu fuasgailteach ro ghlic;
Taigse naduir le sar bheachd
Fhuair thu gu saibhir mar ghibht.

Bha thu treunmhor le deagh choltas,
Mar bha Oscar ann san Fheinn;

Fear fial gan fhiaradh, gan mheatachd,
Cha leir dhomh neach mar thu fein.

Bha thu siobhalta ri mnaoi,
Bha thu dan a dhol an trod:
Bha thu ro mhisneachail, garg,
Nuair a ghluaiseadh fearg 'ad chorp.

Bha thu math gu dioladh duais,
Bha thu cruaidh 'n am dol an strith;
Seirc is oineach, buirb is buaidh,
Do chliu buan an iomadh tir.

Ach thugamid umhlachd do 'n Ard-Righ
Nach d' fhag an larach gun siol;
'S math Alastair a bhi 'n lathir
Ge craiteach na bheil 'gar dith.

Bitheamid subhaltach ait
A chlann mhac bhi 'm bladh 's am pris;
Beannachd leis an t-saoidh rinn triall
  bhuainn,
'S ann bho Dha thig gach mor chis.

———

Oineach, liberality. Bladh, renown,
energy.

———

John Macdougall of Dunolly, fought
under the Earl of Mar in 1715. He mar-
ried Mary, daughter of Sir James Mac-
donald of Sleat, by whom he had Alex-
ander his heir and successor.

———◆———

AN AIGEANNACH.

———

In the first edition of Mac Mhaighstir

Alastair's poems, published in 1751,
there is a poem entitled, "Marbhrann
Mari nighean Iain mhic Iain, do 'n
goirteadh An Aigeannach." In one of
stanzas the following lines occur:—

'N am 'bhi cur na h-uir' ort
Sheanachaisinn mo run-sa
'Mach a teaghlach Mhuideart,
Culidh 'rusgadh phiostal.

It seems then that the Aigeannach 's
name was Mary McDonald; that her
father's name was John, Iain mac Iain;
and that she belonged to the Clanranald
branch of the Macdonalds. According to
Gillies's collection her father's name was
Donald, Domhnall Gorm. It is certain
that Mac Mhaighstir Alastair knew who
she was. It is also altogether probable
that he would give her father's real name
and not a fictitious name. We think
then that she was, not a daughter of
Domhnall Gorm, but of Iain mac Iain.

We do not know when the Aigeannach
was born or when she died. We do not
suppose, however, that she was dead
when Mac Mhaighstir Alastair composed
her marbhrann. It is not likely that any
man would write such horrible stuff about
a dead person.

ORAN.

Do Lachinn Mac-Fhionghin.

LEIS AN AIGEANNICH.

Gun dug mi 'n ionnsidh bhearraideach,
Mur do mheall thu m' aithne mi,
Cha b' e t' fhuath 'thug thairis mi
Ach t' aithris air bhi falbh
  Cha b' e t' fhuath, etc.

Ma chaidh thu 'null thar linntichean,
O, gu ma slan a chi mi thu,
'Fhir chuil dualich shniemhainich:
'S ann leat bu mhiann 'bhi mor.

Bu mhiann leat bata dionach,
'S i gu cumte, fuaighte, finealta,
A rachadh suas 's nach diobradh i,
'S a chiosnicheadh muir mhor.

Le d' sgioba treubhach, furanach,
Bu ro mhath feum 'sna ruinigin,
A ghleidheadh air bharr tuidde i
Cheart aindeoin cur' is ceo.

Gun innsinn cuid dhe t' abhistean;
'N am dol air tir am baghan duit
Bhiodh fion is branndidh laidir
A cur blaiths air gillibh og'.

Gun faighteadh cuirm gun easbhidh
'San taigh mhor 's nach foghnadh beagan
  daibh;
Bhiodh ol is ceol nam feadan
A comh fhreagradh mu do bhord.

Bu dual duit sud o d' shinnsireachd,
N am suidhe gu do dhinneir dhuit,
Bhiodh clarsairean, bhiodh piobairean,
Bhiodh fiodhlairean ri ceol.

Gur math thig lein' dhe 'n anart duit,
Thig triubhas caol ro channach dhuit,
S 'brog bhuleach dhubh, ga teannachadh
Mu 'n traigh nach gearain leon.

Thig cot dhe 'n aodach Spaineach dhuit,
Theid gini 's crun a phaigheadh air;
O, chan fheil cron r' a aireamh ort,
Ach aillealachd do neoil.

Gun dig na h-airm gu h-innealta
Air feileadh an crios iomarchair,
Lann thana gheur, ghorm, ghuineach,
Is i fulangach na 's leoir.

'N lann ris an cant' an tri-chlaiseach,
I ur is sar cheann Ileach innt',
Fo 'n ghualla dheas nach diobradh i,
S i dileas 'sios gu d' dhorn.

Is mar-ris, mar bu mhiannach leat,
Bhiodh daga air ghleus sniomhain ort,
Sgian chaol de 'n t-seorsa liomharra,
Fior innleachdach o 'n ord.

Gur math thig adharc bhall-bhreac dhuit,
Streing shiod' is staghill airgid innt',
Gunna caol air ghleus neo-chearbach,
Leis an deant' an earb' a leon.

Ge b' e a chasadh eucoir ort,
'S tu ann sna h-airm 's 'san eideadh ud,
Gur baral leam gum feumadh e

Bhi 'tigh'nn 'ad reir d' a dheoin.

Gur sealgair geoidh is cathain thu,
'N roin mhaoil ri taobh na mara thu;
Theid miol-choin ann an tabhunn leat,
'S bidh abhaic air an lorg.

'S beag ionghnadh thu bhi ailleasach,
Gur rioghail am mac Gaidheil thu,
'S gur h-iomadh teaghlach statail
'M bi do shlaint' aca ga 'h-ol.

'S beag ionghnadh sud a thachirt duit,
'S tu dearbh mhac ur nam macanan,
'S tu 'n leoghann treubhach, tartarach,
Ceud oighre Lachinn oig.

ORAN.

Do Bhean Chladh-na-macraidh.

LEIS AN AIGEANNICH.

'Fhir a dhireas am bealach 's theid an null
        thar a Mham,
Thoir soridh no dha le durachd bhuam,
Do ribhinn nam meall-shuil a's farasda
        gne,
Do mholadh gu h-ard bu duthchasach;
Deagh nighean Ghilleasbic de'n fhaillain
        a s fearr
Am misnich, an stat, 's am fiughantas;
Slan iomradh do dh-Anna, gur math leam
        i slan,
'S air m' fhalluinn gur nadar cuise sin.

Foinnidh, direach, glan, gasta, deagh
    mhaiseach, deas, ard,
'S cul cas-bhuidhe, fainneach, lubach ort;
Do ghnuis a tha dreachmhor is taitniche
    blath,
'S neo-bhagarrach neul na dubhlachd ort:
Gruaidh mheachir dhearg dhaite, deud
    cailce dluth ban
Ri amharc an sgathan 's curamach.
Chan eol dhomh bean t' aogis, 's chan
    fhaiceam an trath s';
S cian, fada, 's gach ait an cliu sin ort.

Craobh dhaite de'n fhion thu, is lionmhor
    ort buaidh
Ri 'n labhirt a suas mar chunntinn iad;
Deagh ghliocas is gleidheadh is caitheamh
    ri uair
Gu furanach, suairce, bunntamach;
'S tu deagh bhean an taighe, 'bheil mathas,
    's bu dual,
Tha cumantan 's uaislean cliuiteach ort;
'S tu mac-samhilt na h-eiteig, thug na
    ceudan gu bas,
'S tu 'n leigh a ni stath gach aon duine.

Suil ghorm a's glan sealladh fo 'n mhala
    dhuinn ard,
Mar dhearcaig air bharr nan driucanan.
Do bhraghad glan, fallain, mar chanach
    nam blar,
Slios fada, corp seimh gun dumhladas;
Do chalbanan cruinn, am broig phiollich
    troigh ard
Nach saltair gu lar na fluranibh.

Gur buidheach do d' cheile, 's e-fhein a
 thug barr
Gach neach a bha 'n abhar diumba ris,
'N uair 'naisgeadh gu h-eibhinn leis deid-
 eag an aigh,
Glac gheal nam meur fainneach luth-
 chleasach.
S tu ogha 's da iar-ogh' nan iarlachan ard
'Fhuair urram thar chach 's cha b' ion-
 ghnadh e;
An diuc ud, Mac-Cailein bho charrig nam
 barr,
Bha t' athair 's do mhathair dubilt dha.

Gur lionmhor sruth uaibhreach mu d'
 ghuaillibh gun mheang,
Sliochd Dhiarmid nan lann 's nan lurich-
 ean,
'Shiol na fior fhuil a's uaisle dha 'm bu
 dual bhi 'san Fhraing,
'Fhuair urram nan Gall 's a chungaisich.
Ridir ard Loch-nan-Eala do charaid dluth
 teann,
Gu'n cuirinn mo gheall nach diultadh e
Dol sios ann sa bhaiteal a sgapadh nan
 ceann,
'N uair 'chluinnt' a ghaoir chatha gun
 duisgeadh e

Iar-ogh' Chailain na feile leis an eireadh
 luchd-daimh,
Ogh' Alastair alinn, fhiughantich,
A thogadh na caisteil gu baidealach ard,
Gu tiureideach, aghail, luchirteach,
Na h-arasan fialaidh mu'n iadhadh na
 baird,

'S am biodh iad gu statail, curamach;
'N uair 'thigeadh trath noine gu comhnuidh
  s gu tamh
Gum b fharumach gabh bhur luth-chleasan

Is fad' 'tha de fhriamhan air sgaoileadh
  san tir,
Gum buin dhuit air chinnt' na Dughallich.
Is Morair Bhraid-Albinn nan garbh bhrat-
  .ach sroil,
A sgapadh an t-or 's nach cuinntadh e,
Tighearna Charradail cheutich leis an
  eireadh na sloigh,
'S cha treigeadh tu coir nan Stiubhartach.
'S a bhain-tighearna phrisail o n lionmhor
  an stor,
Bhon ghineadh an oigh le ionracas.

'S e mo run an t-og fearail ur, aithneach-
  ail, ard;
Mo bheannachd gu brath le durachd dhuit,
'S do nadar math beannichte, ceanalta,
  tlath,
'S neo-ainniseach cearn do dhuthcha-sa.
Cheart aindeoin luchd-tuaileis cha ghluais-
  ear thu cearr,
Gun agad ceann-fath cha duisgear thu.
'Fhir oig Chladh-na-macraidh s ur macanta
  t'ainm
On bhaisdeadh an Gaidhlig Dughall ort.

        ———

Bunntamach—shrewd, steady, sensible.
Piollach—neat, trim. Naisg—bind, make
fast. Cungaisich—help.

MAIREARAD NIGHEAN LACHINN.

Mairearad nigh'n Lachinn was an ex-
cellent poetess. She resided in the isle
of Mull. She lived to an extreme old
age. It is impossible to fix the date of
all her poems. One of them, however,
was composed in 1702, and another in
1751. The year of her death is not known.
It seems impossible even to find out as a
matter of certainty where she is buried.

It is generally supposed that the fam-
ous Mairearad was a Maclean. In behalf
of this opinion in may be urged that the
earliest reference to her in a printed
work is in Duncan Kennedy's collection
of hymns, which was published in 1786,
and that in that work she is called
"Mairearad nigh'n Ailain, or Margaret
Maclean." As Kennedy was a school-
master in Kilmelford in Lorn, he had a
good opportunity of knowing who she
was. It is certain, however, that he was
mistaken in calling her Mairearad nigh'n
Ailain. It is possible, then, that he was
also mistaken in speaking of her as Mar-
garet Maclean. She may, of course,
have been married to a Maclean. There
is a poem in Dr. Maclean's MS. which

is said to have been composed by "Nigh-ean Lachinn mhic Iain mhic Lachinn." That Mairearad nigh'n Lachinn is the authoress referred to is in our opinion a matter which cannot be called in question. But Dr. Maclean must have been acquainted with her. We may take for granted then that he gives her genealogy correctly.

We are inclined to think that Mairearad nigh'n Lachinn was a Macdonald. We got the following account of her, October 14th, 1873, from a daughter of John Maclean, the poet, who told us that she had received it from her father: "Mairearad nigh'n Lachinn was born in Mull, and lived and died there. Her father was a Macdonald, and her mother a Maclean. She was married, and had a large family. All her children died before herself. She nursed sixteen Macleans of the best families in Mull. All these, like her own children, predeceased her. She used to go very frequently to the grave of the last of them, and sit there. She was a very old woman, and was much bent by old age." John Maclean took down several of her poems from oral recitation about the year 1816. In the heading of

one of these poems he calls her "Mair-
earad Dhomhnullach, da 'm bu cho-ainm
Mairearad nigh'n Lachinn."

_____ ◆ _____

ORAN.

Do Shir Iain Mac-Gilleain.

LE MAIREARAD NIGH'N LACHINN.

O, fhuair mi sgeul 's chan aicheam e;
Gu bheil e dhomh 'toirt gairdeachis,
Gur binne leam na clarsichean
'Bhi 'g innse mar a thanic sibh,
Gu bheil Sir Iain sabhailte,
S gun dug a Bhanrinn cuirt dha.

Nam b' fhiosrach Banrinn Anna
Mar a dh' fhogradh ann ad leanabh thu,
Is mar a thugadh t' fhearann bhuait,
Gum biodh i aoidhail, geanail riut,
Is nach robh cron ri aithris ort
Ach leantail do righ duthchais.

Gur truagh gun mi cho beachdail
Is gun faighinn eisdeachd facil dh' i;
Nan labhrinn beurla Shasunnach,
No Fraingis mhin gu fasanta,
Gun innsinn gun dol seachad dh' i
Mar rinneadh ort do dhiuchradh.

Na Leathanich bu phrisail iad,
Bu mhoralach 'nan inntinn ian;
'N diugh crom-cheannach 's ann 'chitear
iad,

'S e teann lagh a thug striochdadh ast';
Is mairg a bha cho dileas riutha
Riamh do righ no 'phrionnsa.

Gum b' fhearr bhi cealgach, innleachdach,
Mar bha 'ur naimhdean miorunach;
'S e 'dh' fhagadh laidir, lionmhor sibh,
'S e 'dheanadh gnothach cinnteach dhuibh,
A bhi cho faicleach, crionnta
Is gum b' fhiach leibh a bhi tionndadh.

Chuala mi, s mi 'm phaisdeachan,
Mu 'n d' ghlacadh tuigse nadair leam,
N a bha fo thuath, ge laidir iad,
Gur sibh a ghnath 'bu bhaghan daibh;
'S beag ionghnadh leam mar tha iad
Ann sa Ghaidhealtachd 'g ur n-ionndrinn.

An fhine mhor 'bha ardanach!
Bha urram is buaidh-larach leibh.
Bu deas a dh' iomirt chlaidhean sibh,
Cha mheirgeadh iad nan sgabartan;
Is cha bu gheilt no sgathachas
A leughadh iad an cunnart.

'N am togail dhuibh le gairdeachas
A chaiseamachd 'bu ghnathach leibh
Bhiodh sluagh gu leoir a marsal leibh,
Fir sgairtail throm' neo-fhailinneach,
'S bhiodh bratichean gan sathadh
Aig sliochd Mhanis oig gan rusgadh.

Is iomadh luireach mhailleach
'Bhiodh air ealchainnean 'n 'ur fardichean;
Cha togadh sibh na rapairean,
Gum b' fhearr a chratht' an spainteach
    leibh,

A dh' fheuchadh spionnadh ghairdeanan,
'S am bogh a b' fhearr a lubadh.

Cuid eile de bhur n-abhistean
Mun do chuireadh sgannradh annibh
Puirt is stuic is standachan,
Is bualadh bhrog air dhearnachan,
'S gach neach dhibh mar a dh'fhasadh e
Bhi foghlum dha gach luth-chleas.

A righ! gur dubhach, cianail mi
A caoidh nan laoch a b' fhiachaile;
Gun d' eirich cleas Mhaol-Ciaran daibh,
Chan fheil r' a 'nns' ach sgial orra;
Mo thruaigh! gun do thriall iad bhuainn,
Fir threun nan sgiath 's nan luireach.

------◆------

DUANAG DO CHLANN-GHILLEAIN.

LE MAIREARAD NIGH'N LACHINN.

Cha choma leam fhin co dhiu sin
Aon mhac Shir Ailain nan luireach,
Cuilein leoghinn nan long siubhlach
A bhi bhuainn le cluain nan Duibhneach.

Ach 'Fhir ris an deanam m' urnigh,
'S mi mar Oisain 'n deidh an rusgaidh,
Tionndaidh an roth mar bu du dha,
'S cuir an tir so 'n ordagh dhuinne.
    Cha choma, &c.

'Nuair 'thanic sibh siar an toiseach,
Bha sibh buadhail anns gach cogadh,
Lannan cruaidh' dhuibh 's bhuailteadh
    goirt iad;

Chuirteadh feum air leigh dha 'n lotibh.

An am dol 'sios do 'n dream Dhuibh-
    neach,
Dol suas le buaidh 'bu dual dhuibhse;
'S fada chluinnteadh gabh 'ur muintir
'Togail fhaobh air taobh gach tulachin.

Ach co 'n neach air nach dig muthadh,
Mar na neoil sna speuribh dubh-ghorm!
Cinneadh laidir nan lann ruisgte,
'S truagh mar tha iad roimh na Duibh-
    nich.

Gu bheil m' inntinn-sa fo smalan,
Is mo shuilean gum bi galach
Gus am faic mi risd an latha
'Am bi dol suas air siol an taighe.

GAOIR NAM BAN MUILEACH.

Cumha do Shir Iain Mac-Gillcain Triath Dhubhairt, a chaochail sa bhliadhna 1716.

LE MAIREARAD NIGH'N LACHINN.

'S goirt leam gaoir nam ban Muileach,
Iad ri caoineadh 's ri tuireadh,
'S gun Sir Iain an Lunuinn,
No 'san Fhraing air cheann turis;
'S trom an sac 'thug ort fuireach
Gun thu dh' fhalbh air an luingeas;
'S e sin aobhar ar dunich;
B'og a choisinn thu 'n t-urram 'sna blar-
    ibh.

Air an righ sin dha 'n d' rinneadh
Togail suas ann am barrachd,
'S daor a thug sinne ceannach,
Bho n la 'thionnsgainn a charraid;
Chuireadh aon Mhac Shir Ailain
As a chorichean fearinn,
Le fior fhoirneart 's le aindeoin;
Ach 's e lom sgriob an earrich so 'chraidh
    mi.

Ged a b' fhad' thu air siudan,
Cha robh lochd ort r'a chunntas;
Do luchd-toisich cha b' fhiu leat
Dhol a dheanamh dhaibh umhlachd;
Curidh ard thu bu mhuinte;
'S e mo chreach gun do dhruidh ort
Meud an eallich a bhruchd ort,
'S nach robh leigh ann a dhiuchradh am
    bas bhuait

Fath mo ghearain 's mo thursa,
Mac-Gilleain nan luireach
'Bhi 'na laighe 'sa chruisle
An suain cadil gun dusgadh;
Is ruaig bhais air do mhuinntir,
Aig nach d'fhagadh de dh-uine
Cead an armachd a ghiulan;
Thug an naimhdean d'an ionnsidh 'nan
    deann-ruith.

B'fhiach do chairdean an sloinneadh,
Morair Shleite 's Mac-Coinnich,
Is Mac-Leoid as na Hearradh,
'S am fear treun sin nach maireann,
Ailain Muideartach allail.
Fath mo chaoidh gach fear fearinn,

Tha 'n deagh run dhuinn 's nach mealladh,
'Bhi gun chòmas tigh'nn mar-ruinn an
 drasta.

Cha chainnt bhosdail 's chan carra-ghloir
'Tha a shannt orm 'am sheanachas,
'S mi 'g ur faicinn-se caillte
'N deidh gach mor ghniomh a rinn sibh,
Ann an Eirinn 's an Albinn,
'Shliochd Ghilleain nam feara-ghleus;
Chuidich Eachann Cath Gharbhfhaich,
'S e air deas laimh na h-armailt le 'shar
 fhir.

Chan e 'n curidh neo-thais ud,
No Sir Eachann le ghaisgich,
A tha mis' an diugh 'g acain,
Ach Sir Iain nam bratach,
Nam pios oir 's nan corn dathte,
'Dheanadh storas a sgapadh:
Is mairg rioghachd dhe 'n deachidh
An triath calm' ud is Caiptin Chlann-
 Ranill.

Och is mis' th' air mo chlisgeadh,
Saoir bhi 'sabhadh do chiste,
'S gun do chaireadh fo lic thu
'N aite falich, gun fhios duinn,
'N airde 'n iar air a bristeadh,
'S gun an t-oighre 'na ghliocas;
So a bhliadhn' a thug sgrios oirnn;
'S goirt ar call ris a bhriosgadh 'thug Mar
 as.

Gur neo-eibhinn ar gabhail
Bho 'n la 'dh' eug Mac-Gilleain
'S a chaidh 'sios sliochd an taighe

A bha cliuiteach ri 'n latha.
'S mor mo chall-sa bho shamhinn,
Tha mi 'm thruaghan bochd mnatha,
Tha mi faondrach, gun fharraid,
Gun cheann-cinnidh 'thaobh athar no
    mathar.

Mo chreach! ceannard nan gaisgeach
Ann sa bhlar nach d fhuair masladh
Bhi g ar dith ri am airce;
Ged a thogar na mairt bhuainn,
Cha bhi srann aig do bhratich,
Is cha chluinnear do chaismeachd;
Mhothich suil nach robh ceart diubh,
'N latha chunnacas o Phearirt sibh a mar-
    sadh.

Cha neart dhaoin' a thug bhuainn thu:
Nam b'e chiteadh air ghluasad
Iomad gaisgeach mor, uasal,
'Thogail t' eirig 'san tuasaid;
Luchd nan clogaidean cruadhach,
'S nan lann soilleir gun ruadh mheirg:
Fir mar gharbh fhrasan fuara,
Leis an deanteadh lom sguabadh 'san
    araich.

'S ann 'nar caistealan grinne
A bha tamh na cinn-chinnidh
A bha aoibhail r'an sireadh;
Gur h-ann timchioll an tine
'Chluinnteadh bardachd nam filidh
'S guth nan clarsichean binne,
'S gheibht' ann cearrich ri iomairt;
Mo run luchd nan cul fionna, cas, fainn-
    each!

'Threunibh calm' nan long siubhlach,
Nan ceann-bheirt 's nan each cruidheach.
Ged bu dileas do'n chrun sibh
Fhuaradh seol air bhur diuchradh;
'S mairg nach gabhadh dhibh curam,
Ann an eirig bhur siudain,
'N uair nach d' aidmhich sibh tionndadh:
'S ann a rinneadh air aon luing bhur
    fagail!

Co an neach dha bheil suilean
Du nach soilleir am muthadh
Tha air teachd air ar duthich
Bho 'n la chaill sinn an t-aon fhear
Fo laimh Dhe 'ghabh dhinn curam;
Fhrois gach abhall a h-ubhlan,
Dh'fhalbh gach blath agus ur-ros,
'S tha ar coil' air a rusgadh de 'h-aill-
    eachd.

Oirnne thanic an diobhail!
Tha Sir Iain a dhith oirnn,
'S Clann-Ghilleoin air an diobradh,
Iad gun iteach, gun linnidh,
Ach mar gheoidh air an spionadh,
Iad am measg an luchd mioruin
Is a fulang gach mi-mhodh,
Ged nach ann ri feall-innleachd a bha
    iad.

Gur a craidh mar a thachair
Bho'n cheud la 'chaidh thu 'mach bhuainn
Le loinn gheir nan tri chlaisean
'Ad laimh threubhich gu sgapadh.
Ged nach d'fhuair thu fo t' fhacal
An tir fharsuinn 'bh' aig t' athir,

B' fhearr gum faigheadh do mhac i;
Dia g' ur coimhead o mhiosguinn bhur
    namhid.

Gum b' e turas na truaighe,
'Bha gun bhuidhinn, gun bhuannachd,
'Thug thu 'n uiridh 'nuair 'ghluais thu
Le do dhaoine ri d' ghuallinn;
Dh' fhag e sinne ann an cruaidh-chas
Os-cionn tuigs' agus smuaintinn;
Tha sinn falamh, lag, suarach;
Dh' fhalbh ar sonas mar bhruadar gun
    stath bhuainn.

'S e mo chreach gu'n do striochd thu,
'Fhiubhaidh, eireachdail, fhiachail;
Tha do chlann air an diobradh;
Co ni 'n deoch dhaibh a lionadh
A chur casg air an iotadh?
Co 'nan laigse 'bheir dion dhaibh?
Och, gur fad' thu bho d' dhislean;
'S ann a dh fag iad thu mhios gus am
    maireach.

'S e 'chur m' astar am maillead
Is mo shuilean an doillead,
A bhi faicinn do chloinne
'S an luchd-foghluim is oilein
Air am fogradh gun choire,
'S iad gun dachidh, gun ghoireas,
Ach mar cheatharnich-coille
Iad gun fhios ac' cia 'n doire 'san tamh
    iad.

Gur a goirt leam r'a chluinntinn,
'S gur a h-oil leam r'a iomradh;

Nach deach aobhar ar n-ionndrinn,
Olc air mhath le 'luchd-diumba,
A thoirt dachidh d'a dhuthich;
Gum bu sholas le d' mhuinntir
Do chorp geal a bhi dluth dhaibh
Ann an I nam feur cliuiteach le d' chaird-
 ean.

Och is mis' th' air mo sgaradh,
Bho nach dug iad thu thairis
'Dhol air tir air an Ealidh,
'Dhol fo dhion ann sa charrig
Ann an reidhlig nam Manach,
Mar-ri t' athair 's ri d' sheanair,
'S iomad treun laoch a bharrachd,
Far am faodamid teannadh mu d' cha n-
 ibh.

'S mairg a gheibheadh gach buille
A fhuair sinne bho 'n uiridh;
Thanic tonn air muin tuinne
A dh'fhag lom sinn 's an cunnart,
Chaidh ar creuchdadh gu guineach,
Dh' fhalbh ar n-eibhneas gu buileach;
Bhrist ar claidheabh 'na dhuille
'Nuair a shaoil sinn gun cumamid slan e.

Siudan—a swinging. Slat shiudain—
a pendulum. Muinte—instructed, well-
bred. Earroghloir—bold or taunting lan-
guage.—Tine, or teine—fire.

Sir John Maclean of Duart was born in 1670.
His father, Sir Allan, died in 1674. Lachlan
Maclean of Brolas and Lachlan Maclean of
Torloisk were appointed his guardians or tutors.
When about seven years of age he was sent to
Brahan Castle, where he lived until he was old
enough to be sent to college. Lachlan, eldest son
of Allan Maclean of Grulin, was with him as a
companion. He took the management of the
affairs of his estates into his own hands in 1687.
He fought at Killiecrankie in 1689. He had five
hundred of his followers with him. Lachlan
Maclean of Lochbuie was Lieutenant-Colonel
under him. He retired to the garrison of Cairn-
burg in 1690, where he remained until March
31st, 1692. He lived in France from 1692 until
1703. Queen Anne bestowed a pension of £500
a year on him. During her reign he lived chiefly
in London. He lost his estates, the Earl of
Argyll having obtained possession of them. He
joined the Earl of Mar with eight hundred fol-
lowers, in 1715. He took a distinguished part in
the battle of Sheriffmuir, November 13th, 1715.
He became ill at Perth. He was unable to follow
the Chevalier to France, although he was offered
accomodation on board his ship. He parted with
his men at Keith, and went to Gordon Castle,
where he died March 12th, 1716. He was buried
in the Church of Raffin in Banffshire, in the
family vault of the Gordons of Buckie. He was
well educated, and spoke Gaelic, English, and
French fluently. He was a brave, honest, and
generous man; but blindly attached to the unwise
Stewarts.

—— × ——

ORAN

Do dh-Ailain Mac-Gilleain, Fear Bhrolais.

LE MAIREARAD NIGH'N LACHINN.

LUINNEAG.

Hi ri ri ri eile,
Horin o ro ho i o ho eile,
Hiurabh i hu o ho na o eile.

Mo cheist an Leathanach modhar !
Gualla dheas dha'n dig an cota,
'S fearr a chuireas Gaill o'm meoiribh,
Siod' is pasmunn air do dhornibh,
Mar a chaireadh taillear doigh orr ;
Glan airgiod 'ad bhroilleach orbhuidh,
'S gur a math 'thig scarf de'n t-srol dhuit,
Mu do mhuineal geal an ordagh.

Bu tu dealbh a ghaisgich mhorail
Air each cruidheach 's e fo 'chomhdach,
Spuir gheur, ghuineach, air do bhotuinn,
Paidhir dhagachan 'ad phoca,
Do shluagh mu d' thimchioll an ordagh,
'S iad ag eisdeachd ri do chomhradh.—
B'iad fhein na lasgairean crodha
'Thogadh creach 's a thilleadh torachd.

Gur a h-e mo chion-s' an curidh
'Tha 'na ghluasad mar a bhuineadh.
'S car thu 'n laoch a choisinn urram,
Eachann Ruadh nan cruaidh chath fuileach ;
'S fad a chluinnteadh fuaim a bhuille,
Stoirm a thuaigh air clar a luinge,
'S e 'cur a chaistail gu 'f hulang
Gus 'n do striochd iad dha gu h-uile.

Gum b' e sud an comhlan calma
'Chaidh do dh-Eirinn 's a fhuair ainm ann ;
Bha sibh misneachail fo 'r n-armibh
Mar leoghannibh guineach, garga ;
Bha sibh cruadalach ri 'r n-aimsir,
Ged is faoin e 'n diugh ri sheanachas ;
Ghlac sibh ian air ealtinn ainmail,
'S thanic sibh le cliu do dh-Albinn.

'S car thu do na gaisgich uaibhreach
'Chuir an aghidh ris a chruadal,
Lachinn Catanach na gruaige,
Eachann Mor am firean uasal,
Lachinn Mor a chleachd 'bhi buadhach,
Deagh Shir Lachinn 'bu mhath gluasad,
Is Sir Eachann calma, cuanta,
A thuit ann am blar an fhuathais.

Gur a mis' a tha fo mhulad
Mu 'n turas 'thug Iarla Mhuile,
Ghabh Hobrun foill air do bhuidhinn,
'S le Mac-Cailain cha bu dubhach.
Nan d' fhuaradh le m' ghradh cead siubhal,
Nan d' fhuaradh bhitheamid subhach,
Bheireadh am prionnsa dhuit cumha,
'S phosadh an righ riut a phiuthar.

Cha n-ionghnadh ged bhiodh tu meanmnach,
Misneachail, morchuiseach, calma,
'S car thu 'n Iarl' a b' fhearr 'bha'n Albinn,
A bha measail, cliuiteach, ainmail,
'S a rinn sin 's gach cuis a dhearbhadh.
Chuir a bhanrinn ann lan earbsa
Mar thriath dileas, fiachail, calma,
'S ghabh i trom cheist air fear ainme.

M' eudal Sir Iain nan caisteal·!
'Nuair a dh' eireadh tu 'sa mhadinn,

Bhiodh do shluagh gu greadhnach agad,
'S cha b' fhiach leo 'bhi 'togail bhaltag,
No 'giulan chleocannan glasa,
B' eibhinn a dh' fhalbhadh iad leatsa,
Duthchannan roimhibh gan creachadh,
'Tearnadh bho ghleanntibh gu machir.

Dh' aithnichinn do cheum a dol seachad,
Bhiodh fear a giulan do bhratich,
'S gur a fad' a chit' a h-aiteal.—
Cearrach thu, poitear, is marcich,
Fear chuil duailich, chuachich, chleachdich,
Gruaidh mar chaorann, taobh mar chailce,
Guth do chinn bu bhinn ri 'chlaistinn,
'S cha b' e tuireadh mna nach faicteadh.

'Dhaoine na cuiribh dhomh 'n duileachd,
'Bhi 'tigh'nn air an Iarla Mhuileach,
Am fear caoimhnail. baighail, duinail,
'Dh' oladh deoch 's cha b' ann a cuman,
Ach a searrag a bheoil chuimir,
'S do thosgaidean air an uilinn ;
'S iomadh stocach laidir, urrant',
'Gheibheadh deoch an am an tunnidh.

Ailain, eudail 's ann 'tha thusa
Mar a bha Naoise mac Uisne,
'Dh' fhalbh le Deirdri, nigh'n a chruiteir ;
Gach aon te tha 'tabhirt thugad.—
Cait a bheil i 'n luib a trusgain,
De shioda, no shrol, no mhuslin,
Aon bhean og, air meud a cuirteis,
Nach faodadh laighe mar-riut-sa ?

B' fhearr leam gun cluinninn do phosadh,
Ri te uasail, mhaisich, bhoidhich,
Nigh'n Mhic-Cailain, no Mhic-Dhomhnill,
Ogha no iar-ogha do 'n Mhorair,

No bhean a's fearr de Shiol Tormaid,
Te 'bhiodh freagarrach 's gach doigh dhuit,
A bheireadh cisteachan de 'n or dhuit,
'S a rachadh eich gheala 'na comhail.

Eudail de dh-fhearibh an achidh,
Thuirt iad riut gun robh thu prabach,
Gun do shil na suilean asad. —
Cha b' e bhi 'giasgach a ghlas eisg,
No bhi ri togail nam partan,
Ach a bhi 'sna blair a chleachd thu ;
'S bidh sin 'ad chuimhne cho fada
'S a bha Fionn do dh-fhear a bhradain.

Gur b-e mis' a tha fo mhighean,
Mu gach aon 'tha dhuit am miorun,
Eadar Loch Creran 's Cinntire
Agus Maol na b-Oigh' an Ile.
Thuirt iad nach b' airidh air mnaoi thu ;
'S ann aca nach robh an fhirinn.
'S math 'thig dhuit an claidheabh liomhte,
'S bu mhor t' fheum an am na strith' leis.

Nam bu mhis' a bhiodh cur binne
Air gach aon 'tha ort ri dimeas,
'Nan culidh-fharmid cha bhiodh iad,
'S nach h-ann de chaolach an t-sil thu,
No de mhosgan, no de chrionich.
Is slat ard thu 'n abhall phrisail.
B' ur a choill 'san drinn thu cinntinn,
'S bu ghlan uchd do mhuime-chiche.

Gur h-e mis' a th' asad cinnteach,
Nan tachradh tu 'n aithe diomhair
Air chomas do lamh a shineadh,
Gum biodh do luchd-diumb' gun fhiaclan,
Gun charbad uachdir no iochdir,
Gun neart a ghluasad an ciobhlan,

Cairdean a tagirt an dilib,
'S an eirig fada gun dioladh.

Gur h-e mis' a th' air mo leonadh,
'S beag mo shunnd ri gabhail orain,
Mi mar chomhachaig gun solas,
Mar ian am brughach 'na onrachd,
Gun duin' a sheasamh mo chorach,
Bhon a dhealich rium na connspuinn.
Sir Eachann 'tha thall air fogradh,
Is Ailain nach h-eil air morthir.

'S mis' a chorr an deidh a dathadh,
'S mi 'm onrachd air cheann an rathid ;
Mi gun cheol, gun ol, gun aighear,
Ach fo bhron gun solas beatha,
'S nach robh mi 'choir cinneadh m' athar
Bhon a dh' fhogradh Clann-Ghilleain
As an duthich 's as an cathir ;—
Fath mo leoin bhur foirneart bratha.

Duileachd, doubt, suspicion. Corr, a crane.

Allan Maclean succeeded his father as 4th of
Brolas in 1725. He entered the army when
young. He was a Captain under the Earl of
Drumlanrig in Holland. He came home after the
peace of Aix-la-Chapelle in 1748, and married
Una, daughter of Hector Maclean of Coll. He
served as a Captain in the Montgomerie High-
landers in America from 1757 to 1760. His wife
died during his absence. He served as a Major
in a regiment raised by Lord Southampton from
1761 to the close of the Seven Years' War in
1763. He then retired from the army. He after-
wards attained the rank of Lieutenant-Colonel.

He was visited by Dr. Johnson at Inch-Kenneth in Mull in 1773. He died December 10th, 1783. He was buried at Inch-Kenneth. The poem was evidently composed before 1748.

The person referred to in the third and fourth stanzas is Eachann Ruadh nan Cath. The seventh, eighth, ninth, and tenth stanzas refer to Sir John Maclean, the last of the Lords of Duart. Naoise mac Uisne was a fabulous hero of extraordinary beauyt.

—— ✕ ——

ORAN

Do Shir Eachann Mac-Gilleain, a Chaochail ann san Romih 'sa bhliadhna 1751.

LE MAIREARAD NIGH'N LACHINN.

'Fhir 'tha 'n cathir an Fhreasdil,
Cum-sa ceart agus coir ruinn,
'S cuir deagh sgeul uginn dhachidh
Air Sir Eachann nan ro-seol.
Tha e fad' uainn a fhearann,
Agus tamull air fogradh ;
Gur h-e sgeula mo sgaridh,
Cach 'bhi 'g aithris nach beo e.

A Shir Eachinn nan luireach,
Nan long siubhlach 's nam bratach,
Is nan cuirt-fhearibh riomhach,
'S gum bu lionmhor 'at fheachd iad,
'S iomad gaisgeach mor, prisail,
'Rachadh 'sios fo do bhratich,
'S tu air thoiseach fir Alba,
'S bu mhor t' armailt ri 'faicinn.

Bha thu 'd dhalt' aig a bhanrinn,
'S mor an t-ait 'thug i-fein dhuit ;

'Ad leine-chneis aig a brathair,
Mar aisne chnamha nach treigeadh
Chaill thu t' oighreachd is t' fhearann,
'S thug thu thairis gu leir iad,
Airson seasamh gu rioghail,
'S rinn do shinnsireachd fein sud.

Tha mo chion air an fhior-fhuil,
Seobhag rioghail na h-ealtinn,
Agus cuilain an leoghinn,
'S og a dh' fhoghluim a ghaisge ;
Ursann-chath' thu roimh mhilltean
'N am dol 'sios ann am baiteal ;
'S urr' a shuidheachadh blair thu,
Ged 'bhiodh cach ann an gealtachd.

'Chraobh a 's airde 'san doir' thu,
No an coille nan Gaidheal,
Sgiath ro laidir gun ghiorag
Thu aig slinnein Phrionns' Tearlach.
Bu tu iuchir an fhuasglidh,
'Nuair 'bu chruaidh, no bu chas e ;
Meud do ghliocis 's do cheille
Bheireadh reidh as gach ait thu.

Dh' fhairich latha Chuil-fhodir
Gum bu dosgach na Gaidheil,
'S gun robh thus' ann an Sasunn,
Air do ghlacadh le d' namhid.
Nan do thachir gun d' fhaod thu
'Bhi le d' dhaoine sa bhlar ud,
Cha bhiodh Dearganich Shasinn
'Dol slan dhachidh gu 'n aite.

Tha do chaistealan geala
Is do thallachan prisail,
Far 'm biodh ol agus aighear
Aig luchd-caithimh an fhiona,

Fo luchd adichean dubha,
Mo sgeul dubhach gur fior e :—
'Righ, nach robh iad 'sa Chaillich
Fo ard chaithrim an lionidh.

Gu bheil seanduine corrach
'N cois na h-oirthir mu thuath oirnn ;
'S gur ro choimheach a ghabhadh
'N uair 'bhios ardan mu 'n cuairt air.
'S truagh nach facas Diuc Uillam
'S na bha 'chruinneeachadh sluaigh aig',
Air an tilgeadh mu 'chasan
Ann am braisead a bhuaireis.

Gu bheil baintighearn' mhor, straicail,
'Gabhail taimh mu na criochan s';
Tha i dionach na fearann,
Is cha chairich an righ i.
'S truagh nach facas fir Shasinn
Air an glacadh le innleachd,
'S iad a faodinn an duaise
Bho 'laimh chruaidh-se gu cinnteach.

Seal mun danic Righ Raibeart
Bha i socrach 'na h-aite,
Cha do thogadh riamh cisean
No diol aison mail d' i.
'Nuair a dh' eireadh a corrich
Gum bu choimheach a gairich.
Bu chuis eagil is uamh-chrith
Tigh 'nn an uair sin 'na lathir.

Tha mo chridhe air a shracadh
Mar shean phaipair a f hliuchteadh ;
No mar f hiadh air an f hasach
Ann san traighteadh gach cuisle,
Leis an naidheachd so 'f huair mi,
'S i cho luath ri each trupa,

2

A Shir Eachinn na baighe,
Fath mo chraidh, nach dig thusa.

'S bochd gach duine dhe t' uaislean,
'S mor an smuairean 's an eislean,
'S iad mar mhial-choin gun f huasgladh,
Is snaim chruaidh air an eill ac';
Iad a fulang gach muisig
Fo shlat-sgiursidh nam beisdean,
Is a feitheamh na h-uaire
Ann sam fuasgil thu f hein iad.

Cha n-e cumha nan caorach
Tha mi caoineadh fo smalan !
Gur h-e m' iargain na daoine
Ris am faodinn mo ghearan.
Orms' a thanic an t-anradh
An tus samhradh na gaillinn
Na h-eich dhonn' agus dhubha
'Bhi 'g ur bruthadh 's 'g ur prannadh.

'Mhic mhic Ailain mhic Thearlich,
B' e mo chradh do chall fala,
'S i 'na ruith as gach taobh dhiot
'Na dearg chaochanibh meara.
'S truagh nach dug iad do dh-I thu
Mar-ri sinnsreachd do sheanar ;
Far 'bheil cuirp nan seachd righrean
'Bha d-e 'n fhion-fhuil 'bu ghlaine.

Ged a theireadh Clann-Lachinn
Nach fanadh iad naitse,
Cha do dhearbh iad an aidmheil
An am t' fhaicinn 'sa chruadal.
'S ann a leagadh an Caiptin
A bha agad ri d' ghuallinn ;
'S gun do dh-fhuirich thu aige
Ged a threachail sin uaigh dhuit.

'S mithich dhomhs' a bhi samhach,
'S sgur de dh-aireamh nan uaislean ;
Tha mo dhochas an Criosda
Nach fior mar a chualas,
Ach gun dig Mac-Gilleain
An nall f hathasd thar chuantan ;
Is theid sinne na chomhail
Gle dheonach 'san uair sin.

Sir Hector Maclean was born at Calais in France, November 6th, 1703. He was brought to London by his parents a few weeks afterwards. He was placed under the care of Donald Maclean of Coll at a very early age. He lived at Coll until his eighteenth year, when he was sent to Edinburgh for his education. He went to France in 1721. He returned in 1725, but went back in 1728. He left France in June, 1745, to take part in the rising under Prince Charles. He was arrested in Edinburgh, through the treachery of the man with whom he lodged, on the 5th of June. He was sent to London, where he was retained a prisoner until May, 1747. He returned to France, immediately after being set at liberty. He went to Rome in 1750. In the month of July he had an attack of appoplexy, in that city. From this attack he partly recovered. He had a second attack in October. The second attack resulted in his death. The poem seems to have been composed after the news of the first attack had reached the Highlands, or about August, 1750. Sir Hector was a good Latin scholar, and spoke Gaelic, English, French, and Italian fluently.

The Queen referred to in this stanza is Queen Anne.
The Cailleach of the seventh stanza is the headland of that
name at the north-western extremity of Mull. The Sean
duine of the eighth stanza is the Point of Ardnamurchan.
The baintighearna of the ninth stanza is the whirlpool of
Corriebhreacaic between Guna and Scarba. Mac mhic
Ailain mhic Thearlich is Charles Maclean of Drimnin, who
commanded the Macleans at the battle of Culloden.

—— x ——

FORSAIR CHOIR'-AN-T-SITH.

Forsair Choir'-an-t-Sith lived in Cowall, Argyle-
shire. He was of fair complexion, and was
known as Ian Ban. He was an excellent marks-
man. He died about 1645. He was married and
left children. His descendants call themselves
Whytes, Clann-Mhic-Gillebhain. According to
tradition he was a native of the Isle of Skye, and
a Macleod.

ORAN SEILGE.

LE FORSAIR CHOIR'-AN-T-SITH.

Cha b' e tuchan a chnatain
'Rinn mo dhusgadh 'sa mhaduinn,
Ach ard bhuirich fir chabrich nan croc.

Gus an cluinn no gum faic mi
Tuill ur' air do dheacaid,
Bidh mi 't iarridh fad seachdain no dho.

Bidh mi 'gabhail do sgeula
De an t-iul no 'n taobh 'theid thu,
'Mhic an fhir dha 'm bi 'n ceile ro mhor.

'Mhic an fhir a ni 'm buirain,
'S dha 'm bi 'n anail a 's cubhridh,
'S tric a chuir mi do luireach 'san stop.

Bu tric pairt dhe do chuinneadh
'Dol a cheannach an fhudir,
'S a chuid eile ga shughadh ri m' shroin.

B' e sud udlich' na maise
'Chuireadh stuic air ri m' fhaicinn,
Dha'm bu duthchas 'bhi 'n creacann an fheoir.

Dha 'n robh misneach is uaisle,
Moran gliocis is cruadail ;
Air an d' fhas na h-airm uallach gu spors.

'S ann air cul Coir'-a-chreachinn
'Dhiult an spainteach dhomh lasadh
Air udliche cabrach nan croc.

Tha corr 's ochd bliadhna deug bhon
'Chaidh sinn 'n caribh a cheile,
'S cha do rinn i riamh eucoir 'bu mho.

Bha 'n spor ur 's i geur, tana,
Am beul snaip air dheagh theannadh,
Ged a dhiult i dhomh aingeal ri ord.

Ach nan dugadh i aingeal,
Chuirinn cunnart air 'anail,
Ged a chosdinn ris gearran 'sa mhod.

Leig mi ruith-chrios dha m' bhreacan
Gus 'n do ruisg air mo chasan,
Mun cluinneadh e tartrich mo bhrog.

Bha mi 'g ealadh mar dh' fhaodinn.
'Dol an aghidh na gaoithe,
Mun gabhadh e straonadh 'san t-sroin.

'Nuair a thog e a cheann rium,
Cha robh 'n trup righ na Frainge
Na chuireadh an deann ud ga choir.

Tha mi sgith 's mi lan airtneil,
An deidh saothrach is asdir,
'S mi gun teine, gun leaba, gun doigh.

———

Sith, the same as sithiche, a fairy. Udliche, a stag.
Creachann, the summit of a hill. Aingeal, Scottish ingle,
a fire. Straonadh, sraonadh, or sraonais, a huff.

——— × ———

SLAN IOMRADH DO 'N UR MHNOI:

*Oran do nighinn Thearlich Oig an Sgalpa
an t-Sratha.*

LE IAIN PEUTAN, FEAR DHUN-AN-EIRTHIRICH.

Slan iomradh do 'n ur mhnaoi
'Dh' fhag mi 'n Ugairidh thall,
Fo uilinn nan stuc-bheann,
'S air urlar nan gleann.
'S i 'n ribhinn ghlan chul-donn
'Choisinn cliu anns gach ball;
Beul a labhradh le sugradh
'S a chuireadh dubh-leann mu lar.

'S ann mar chanach an t-sleibhe
'Tha 'n euchdag thar mhnai.
Gur gile thu fo t' aodach
Na 'n fhaoileann air snamh.
Gruaidh dhearg mar an coarann
Mur do chaochail thu blath;
Meoir fhada mar shlait ort
'S fiamh datht' air am barr.

Meoir fhada chaol dhireach
'Thairneadh riomhadh air ban ;
Ann an cleachdadh an t-sioda
Chuirinn fhin sud an geall,
Nach h-'eil ann san tir so
De dh-fhior Chlanna-Gall
Na bhuidhneadh barr gill ort
Ann an grinn obair lamh.

Glac gheal a nii 'n sgriobhadh
Gu finealt' 'n uair 's aill,
Ga tharruinn gu lionmhor
Le innleachd do lamh.
Beul le 'n leughar an Biobull
Gu cinnteach gach trath ;
Glac creideamh is firinn
'S lean a chaoidh riu mar ghnaths.

'Gheug uasal gun chrine
'Dh' fhas direach o lar,
Tha da phog mar bhlas fiona
'Chuireadh inntinn fo agh.
Ort a dh' fhas an cul sniomhain
Mar dhithean am blar,
Nach greannach r' a chireadh ;
'S lionmhor ti air a bharr.

Deud cailce gun sgor ann,
'S e gun bhosd, is gun bhreig ;
Beul a 's binne 'ni comhradh
Na 'n smeorach air geig.
'Nuair a ghabhadh tu 'n t-oran
'S do mheoir ri cur greis',
Ge b' e 'chluinneadh an ceol sin
Gum bu bhoidhch' e na teud.

'Thaobh aithghearr beag eolis,—
Brigh mo dhochis nach gann,—

Thugas barail no dho ort,
Mar a mheorichadh rann,
Gu bheil thu gun bhosd,
Gun bhi strothail no gann,
Ach ro ghlic gun mhorchuis,
Neo-ghorach 'ad chainnt.

'S tu reula nan oighean,
'S tu 's boidhche na cach ;
'S tu 'n canach, 's tu 'n neoinean,
'S tu 'n t-sobhrach fo bhlath ;
'S tu 'n coimeasg 'tha or-bhuidh',
'S tu 'n ros 'th' air dhreach la ;
'Chur an aithghearr an sgeoil so,
'S tu 'n t-Seonaid gheal thlath.

'S i mo chomhairle fein dhuit,
'S na treig i gu beachd,
Ma 's a h-aill leat gum buannich
'S gun cnuasich thu 'n sgeap,
Theirig timchioll na geige
'S na glachd eislean 'ad bheachd,
Ach a chaoidh na cuir duil
Ann sa chraoibh nach lub leat.

———

Dithean, a blossom, a flower. Ti, a point, a circle.
Neoinean, a daisy. Sobhrach, a primrose. Coimeasg, a
mixture. Sgor or sgorr, a bucktooth.

—— X ——

DOMHNALL BAN BARD.

Domhnall Ban Bard was probably a native of
Lochaber and a Cameron. He was the great-
grandfather of Ewen Maclachlan, the celebrated
Gaelic scholar. He was a very good poet.

CUMHA

Do Shir Eoghan Lochiall, a chaochail 'sa
bhliadhna 1719.

LE DOMHNALL BAN BARD.

Tha mo chiabhan air glasadh
Tha iad liath o chionn fada ;
So a bhliadhna 'ghreas m' aiceid,
A dh' fhag seannda mo leacan,
Gun mo cheannard 'am thaice ;
Leam is bliadhna gach seachdain
Bhon ghluais Iain air aiseag do 'n Fhraing
    bhuainn.

Gur a beag mo chuis aighir,
Nach olc truagh leibh mo ghabhail,
Chaidh an tuagh bharr a samhich ;
Ceannard gair' an t-sluaigh-chatha,
Dha 'm bu chaisteal an claidheabh,
Craobh 'bu shine de 'n abhall,
Tha 'n leab' uaigneach 'na laighe 'san team-
    pull.

Tha mo chridhe 'na sprudhar,
Tha mo ghruaidheaa air dubhadh,
Tha mi cianail ro dhubhach,
Bhon fhuaradh fath air ar buidheann
Air easan Feilige nan siubhal.—
Bu mhor an t-ainm 'bh' air ur pudhar
'Nuair a nochdt' am breid buidhe ri crann
    leibh.

'S mis' a dh' fhaodadh a graitinn
Nach robh subhachas saibhir,
Gun robh dubhachas gearr bhuainn ;
Bu dosgach toiseach a Mhairt dhuinn,
'San am 'n do shiubhail an t-armunn ;—
Mur dig Iain gun fhardal,

No Ailain, a bhrathair,
A Righ, cuidich an t-alach a th' ann dinn.

Leoghann fuileachdach, euchdach,
Sunndach, flathasach, eibhinn,
Sar-mharcach nan steud thu,
Blar no carraid cha d' eisd thu,
'S tu gun cuireadh bho 'cheil' iad,
Is nach iarradh an reite ;
Bu leat onair na Feinne,
Dhearbh is choinhdich thu fhein anns gach
    ball e.

'Nuair a dh' eireadh do shluagh leat,
Meanmnach, aigeannach, uaibhreach,
Fraochail, fuilteachail, buadhail,
Cha bu tilleadh bu dual dhuit ;
Do chinn-fine mu d' ghuaillibh,
Cha b' ann le giorag a ghluaist' iad,
'Dol an iomirt an fhuathais ;
Naile chuirteadh leat ruaig air do naimhdean.

'S iomadh buaidh 'bh' ort ri 'thaghadh ;
'Dol an lathir an lagha,
Cha bu sgathaire cladhair'
Thu 'chur cuis' air a h-adhart,
Bhiodh tu dan ann an aghidh ;
Bha thu ard ann am fradharc,
'N ceill, an gliocas, 's am meomhir deagh
    chainnte.

'Chuis 'bu chruaidhe ga leanailt
'S tu gum fuasgleadh gach sparrag ;
Gum biodh t' uaislean aig baile,
'S bhiodh do thuath ort mar eallach ;
Bu bheag an curam a ainnis
'S tu mar churing 's mar dhainginn ;
'Dol air beulabh gach barra
Cha togteadh dhiot cealag gun challdach.

'S math a mharich thu 'n saoghal,
Bha aoidh Dhia agus dhaoin' ort ;
Cha bu ghliocas 'dh-fhear t' aobhir
Teachd le nitheanibh faoin' ort,
Teachd gun fhios ort cha n-fhaodteadh ;
Cha bu shugradh do chaonnaig
'Bhi ga dusgadh gun aobhar ;
Bu tric fuil agus faobh air do naimhdean.

'S og a dhearbh thu do ghaisge,
'Fhir bu chuimhnich' air tapadh ;
Rinn thu seasamh gun snasadh
Ann an aghidh gach prasgain ;
Bhiodh tusa gach maduinn,
Gach aon latha 'cur as daibh ;
Cha leigheadh fiamh dhaibh cead cadil 'nan
    campa.

'Nuair 'thanic ainneart fir Shasinn,
'N deidh righ Tearlach a ghlacadh,
'S a chur gu bas ann an aithghearr,
'S a bha gach rioghachd air snasadh,
'S a gheill Albinn le bagradh,
'Liubhirt arm 's gan toirt seachad,
Gun na ghearradh biadh-maidne,
Gum bu mheasail na h-Abrich 'san am sin.

Ged bha feachd le droch dhurachd
'Staigh an cridhe do dhuthcha,
'Togail bhallachan dubilt',
Cha n-fhac dithis no aon duin'
Taigh no leanabh ga rusgadh,
Mart 'ga gearradh fo 'luighean,
'S thu fhein mar bhuachaille cuil orr',
Aig meud an eagail 'san curim roimh d'
    cheannsgal.

Sheas thu corr is tri bliadhna ;
Fhuair thu reit' agus siochaint,

Agus onair, 's gum b' f hiach thu ;
Bha 'n airm f hein aig do lionsgair,
Air gach cabhsair 'gam fiachinn,
Gun am mionnan 'gan iarridh,
'Nuair nach faigheadh cach sgian fo 'n com-
annda.

'Nuair 'than' an dligheach gu 'aite,
Oighr' a chruin a bh' air Tearlach,
Is a chaidh thu 'na lathir,
'Dheanamh umhlachd d'a ghrasan
'S 'thoirt do chlaidhibh a sgabart,
Thug e earail d'a gheardibh
Gun t' airm a ghabhail a d' laimh bhuait,
'S thug e teisteanas laidir
Gun robh thu dileas le d' phairtibh 'n am
ainneirt.

Oidhch' Ardrainich an toitail
Thilg a ghraisg ort mar spot e ;
Bha na tighearnan goirt dheth,
Trom chreuchdach, fo lotibh ;
Bha Diuc Atholl gu h-olc dhuit,
Ach gun chridh' aig' a nochdadh,—
Gun do ghleidh thu do phosta 'g a an-toil.

Latha sin Shiorra-mi-uir,
Latha dosgach a mhi-ghrais,
Bha iomadh duine fo mhi-chliu,
'S do luchd-muinntir fo mhighean
Aig faoin thuaileas luchd mioruin,—
Dream nach b' urrinn co-strith ruibh,
'S nach gabhadh orra gu dilinn
Ri linn teachd dhaibh 'ad f hianis
Nach bidheadh iad dileas 's gach am dhuit.

'S an Aird'-an Iar am measg f hearibh
Fear do ghniomh bha ro-ainneamh.
Chum thu seilbh a cheart aindheoin

Air gach oirleach dhe t' f hearann,
'S bha gach namhid 'na charid ;
Fhuair thu reite Mhic-Cailain,
'S Mhorair Hunndidh nan seang-each ;—
Cha robh feum dhaibh bhi 'd leanailt ;—
'S thug Mac-an-Toisich coir thairis le taing
    dhuit.

Cha robh Seanilair aite,
A fhuair comas, air airde,
Ann san t-seirbhis 'bu ghnath leat,
An am cruinneachadh Ghaidheal,
No suidheachadh larich,
No fuathais mo gabhidh,
Nach iarradh thar chaich thu ;—
Naile ghabhadh iad pairt dhe d' thoil chainnte.

Gum bu shona do shluagh dheth,
'S iad fo d' thearmunnn a gluasad ;—
Saighail, onarach, buadhail,
Le ceill, is gliocas, is cruadal,
'S anns gach meas mar bu dual dhaibh,
Gun an gleachdair bhi 'n uachdar,
No neach a nochdadh 'san uair sin daibh
    naimhdeas.

Beirt a 's measa 'rinn t' uaislean,
'S iad an lathair san uair sin,
'N deidh gach urram a fhuair thu,
'S gur tu b' urra gum fuasgladh
Aig a bhail' agus uaithe,
'N am 'bhi 'treachailt na h-uaghach
Dha d' chorp prisail gun truailleadh,
Nach do nochd iad do shuaicheantas teann
    ort.

Sprudhar, fragments, broken pieces. Fardal, delay.
Meomhair, memory, recollection. Sparrag, a difficulty, a
bridle-bit. Curing or curinn, a support, a coverlet. Calldach
or calldachd, loss. Air snasadh, reduced to order, brought
to obedience.

Allan Cameron of Lochiel, Ailain nam Biodag,
married a daughter of Stewart of Appin, by whom
he had John, Donald, Jean, and Catherine. John
married Margaret, daughter of Robert Campbell
of Glenfalloch, by whom he had two sons, Ewen
and Allan. John died before his father. Donald
was the progenitor of the Camerons of Glendes-
sary. Jean was married to Alexander, Alasdir
Dearg, eldest son of Donald Macdonald, eighth of
Glengarry, and was the mother of Angus of Glen-
garry, who was created Lord Macdonell and Aross
in 1660. Catherine was married to Allan Maclean
of Ardgour.

Ewen Cameron, Eoghan Dubh Lochiall, son of
Ailain nam Biodag, was born in February, 1629, in
the Castle of Kilchurn, the residence of his
mother's family. He succeeded his grandfather in
1647. He left home at the head of one thousand
of his followers to join the Royal Standard against
Cromwell in July, 1651. Whilst on his march he
heard of the disastrous battle of Inverkeithing
and returned home. He joined the Earl of
Glencairn with seven hundred followers in the
spring of 1652. He gave in his submission to
Cromwell in May, 1655. He accompanied
General Monk to England in 1660, and was very
graciously received by Charles II. He bought
the lands of Glenlui and Locharkaig from Mack-
intosh in September, 1665,—lands which had been
in dispute between the Camerons and Mackin-
toshes about 360 years. He was knighted in
Edinburgh by the Duke of York about 1676. He
marched under the Marquis of Atholl, in 1685,

against the Earl of Argyll, who had returned from
Holland. On a certain night he mistook a party
of Atholl's men for Argyll's. A skirmish took
place in which five of this party were killed and
several wounded. The Earl of Atholl held a
council of war and very foolishly proposed to
arrest Lochiel. Lochiel, knowing what was going
on, drew his men from the rest of the army. He
was joined by the Macleans, who offered to stand
by him whatever might happen. Fortunately no
attempt was made to arrest him. Lochiel took a
prominent part in the Battle of Killiecrankie in
1689. He died in February, 1719, having com-
pleted his ninetieth year.

Sir Ewen of Lochiel was one of the most
prominent men that the Highlands of Scotland
ever produced. He was a general and statesman.
He was married three times. By his first wife,
Mary, daughter of Donald Macdonald, eighth of
Sleat, he had no issue. By his second wife,
Isabell, eldest daughter of Sir Lachlan Maclean
of Duart, he had John, Donald, and Allan, and
four daughters. By his third wife, Jean, daughter
of Colonel David Barclay of Urie, he had Lud-
ovick and seven daughters.

——— x ———

AN CEISTEAR CRUBACH.

William Mackenzie, An Ceistear Crubach, was
born in Gairloch about the year 1670. He could
neither read nor write. He was well acquainted
with the doctrines of the Bible, and knew the
Shorter Catechism thoroughly. He acted for
some time as a Catechist in Gairloch and Loch-
broom. He could be exceedingly sarcastic when
he liked. He was an old man at the time of his
death. He was buried at Creagan-an-Inbhir,
Muckle Greenard, Lochbroom.

MALI CHRUINN DONN.

LEIS A CHEISTEAR CHRUBACH.

FONN.—*Carrig Fhearghuis.*

Fhir 'shiubhleas an rathad
A dh-ionnsidh na dabhich
Uam imrich mo bheannachd
Gu Mali chruinn donn,
'Tha 'tuinneadh 'sa ghleannan
Aig alltan a cheannich ;
'S gur daoine gun tadhal
Nach tathich am fonn ;
'S i mar ionnas an tasgidh
Gun chunnart, gun gheasan,
'S 'na doighean fior thaitneach
Do 'n fhear 'rachadh ann.—
Ged 'bhidhinn am bharan
Air duthich Chloinn-Eachinn
Gum foghnadh mar mhairist
Leam Mali chruinn donn.

Tha 'pearsa ro bhoidheach,
'S i tlachdmhor 'na comhdach,
'S tha taitneas 'na comhradh
Mar smeorich nan gleann.
Tha uaislean is treun laoich,
Tha truaghain ts feumich,
'Toirt tuairisgeul gleusda
Mu 'feum anns gach ball.
Gun d' fhaoiltich mo chridhe
Nuair 'rinn i rium bruidhinn ;
'S b' e mo bheatha gu tighinn
A rithisd an nall.
Bha 'h-aogasg gun smalan,
Bha caoin air a rasgibh,
Bha gaol air a thasgidh
 S a chridh' 'bha 'na com.

'S tu cuachag na coille,
Na h-uaisle 's an oilein,
'S a ghluasid ghrinn loinnail
An creagan nam beann.
A gheala-ghlan gun ainnis
B' e t' ainm a bhi banail,
'S gun d' dhearbh thu bhi duinail,
'S nior chluinneam-s' do chall.
Gun cluinneam do bhuinig
Ged nach faicinn thu tuilleadh ;
Is cha n-iarrinn thu idir
A dhol fad' as an f honn.
Tha gach tlachd ort r'a innse,
Lamh gheal a ni 'n sgriobhadh,
'S gur tuigseach an ciall
A chuir Dia ann ad cheann.

Na meoir sin a 's gile
Tha corr air a ghrinneas,
'S gur grinn 'ni iad fighe
Is fuaigheal glan reidh,
Gurcuimir deas direach,
A shiubhleadh tu 'n ridhle
'Nuair 'dhuisgteadh gu cridhail
Dhuit fiodhull nan teud.
'S tu 'cheumadh gu boidheach,
'S a thionndadh gu h-eolach,
'S a f hreagradh gu h-ordail
Do cheolan nam meur.—
Ceud soridh le m' dhan dhuit,
Gach sonas ri d' la dhuit ;
Gach tachd agus ailleachd
'Tha fas air a gheig.

—— × ——

SACHARI MAC-AMHLAIDH.

Zachary Macaulay lived in the Island of Lewis.
He was a well-educated man, and a poet of great
ability. It is said that his father was a clergyman.

The Rev. Aulay Macaulay was born in Lewis in 1673. His father was a tacksman in that Island. He became minister of Tiree in 1704, and of Harris in 1713. He married Margaret Morrison, by whom he had Angus, John, Kenneth, and other sons. He died in 1758. John was born in 1720. He became minister of South Uist in 1745, of Lismore and Appin in 1755, of Inverary in 1765, and of Cardross in 1774. His son Zachary, was Lord Macaulay's father.

If Zachary Macaulay, the Gaelic poet, was the son of a clergyman it may be regarded as tolerably certain that he was a son of the Rev. Aulay Macaulay. But the statement that he was a clergyman's son may not be correct.

THA MO CHRIDHE MAR CHUANTAN.

LE SACHARI MAC-AMHLAIDH.

Tha mo chridhe mar chuantan
Air 'bheil mulad is bruaillean air snamh ;
Gur h-e trom-cheist mo leanain
Mo throm ghalar is m' euslaint' a ghnath.
Ta mo shuilean gu silteach,
Mo dheoir 'tuiteam mar uisge gu lar ;
Ta leanndubh air mo bhuaireadh,
'Bhuin mo chaidreamh 's mo shuain diom 's mo
    phramh.

Gur h-i 'n ribhinn og, aluinn,
Ban-righ nan uil' mhnai 'ta fo 'n ghrein,
Ann an deiseachd 's an eolas,
Ann an tuigse 's am foghlum 's an ceill ;
Ann an geanmnachd 's am mioltachd,
Ann am baindeachd. gun mhi-run, gun eud,
Gradh neo-choitcheanta, diomhair,
Neo-lochdach gun ghiamh is gun bheud.

Cait 'n do ghineadh fo f hlathas,
No 'dh' fhiosrich riamh mathas na mna,
Nach dug duthrachd dhi diomhair,
Agus umhlachd dhi 'm fianuisibh chaich ?
Mar ghrein 'm measg nan reultan
'Gheug sholuis thar cheud a f huair barr ;
Gur h-e gathan na grein' so
'Shrachd mo chridhe 's a reub e 'chum bais.

O nach d' f haod riamh aon duine
Eolas iomlan na cruinne 'chur sios,
Ann an sgriobhadh no 'n litir,
Ni 'm mo 'ranic a thuigs' air a thrian,
Dhomhs' is ladarn' 's is dana
Teachd air annas na mha 's air a gniomh,
'Ta na saoghal beag cuimir
Ann an nadar gun choimeas ann d'i.

Ge bu leam ughdarachd Ghalen,
Urlabhradh gach sgoile ro ard,
Bu ro mheanbh leam mo chomas
Air do dheanamh-sa follais an dan.
Ach mum pillear san ath leam
'S mor gur fearr a bhi batht' air an t-snamh ;
Bhon is onair 's nach mulad
Leam do mholadh bho d' mhullach gu d' shail.

Dh' fhas air ribhinn nan og bhan
Cul sgiamhach f huilt-chornich nan cuach,
Ciabhach. camlubach, caslach,
Sniomhach, camagach, dreach-bhuidh' gach dual,
Barr gasd' a chuil or-bhuidh,
Mar dhreach theudan a 's ceolmhoire fuaim ;
B' eibhinn f haicinn ga sgaoileadh
Is fiamh laiste na greine mu d' chluais.

A ghnuis aingealant' mhin-gheal,
Gun antlachd, gun mhiothlachd. gun mhod ;

Mala chaol a 's glan cuma,
Charaich nadar a h-urad gun chorr ;
Rosg mall is dearc lionte
Leis am meallar ard righrean na h-Eorp';
Gruaidh chorcura, mhin-dearg,
A ghluais m' osnich fo ionghnadh an t-sloigh.

Fuaim orghain na fidhe,
Ceol torghain na piob is nan teud,
Cha robh riamh ann 's cha bhi ann
Ann am binneas mar phiobibh do chleibh.
Ceol sior-bhinn fior shithe
'Teachd o uinneig mhin chruinn deirg do bheil;
Bilibh blath briathrach aluinn
Aig an ribhinn a's cnaimh-ghile deud.

'S ceart cho geal do ghlan bhraghad
Ri canach no trath shneachd air geig ;
'S corrach finealt' na tulich
'Dh' fhas 'nam mulain air mullach do chleibh;
Basan min', fada, bana,
Meoir ghrinn chaol gan abhist 'cur greis
Air seudan le or-shnath,
Dealbh iomhaigh gach eoin is gach eisg.

Slios seimh mar an canach,
Corp seaghail mar eal' air an t-snamh ;
Calba cruinn ann an steimin,
Troigh aotrom a's cumadail sail ;
Mar a's cubhidh do mhorchuis,
Cha n-aithne dhomh 'n corr ort ri radh ;
Cha bheag is cha mhor thu,
Anns gach ni tha gu leoir ort gun bharr.

Nam biodh na h-urad aig cach ort,
'S a tha agam s' a ghraidh air do neoil ;
Cha bu rabhart no mearachd
Leo mi 'labhirt mo bharail 's' mo ghloir.

Ach nan creideadh iad firinn,
Cha treiginn air mhiltean thu 'n or ;
No air airgiod nan Innsiean,
Do bheadradh, do dhilseachd, 's do phog.

O nach caochladh tu aigneadh,
'S nach claonadh tu 'd chaidreamh 's ad ghaol,
'S nach faoduinn bhi reidh riut
Mar a luthaigeadh cleir dhuinn mar aon,
B' f hearr leam bhi gun eirigh
Fo thalamh an Eiphait nan craobh,
No an rioghachd na Greige,
No 'm measg Thurcach gun f haolmunn, gun
    chaomh.

Ni mi nise comhdhunadh,
Agus cuiream ri tursa gu brath ;
Ni bheil siochaint 'am aigneadh
On nach meall mi do chaidreamh 's do ghradh,
On a thug thu lan f huath dhomh,
Gus an cuirear san uaigh mi a thamh,
Bidh mo chridhe mar chuantibh
Air 'bheil mulad is bruaillean air snamh.

———

Galen, a celebrated physician who lived at Rome about
165, A. D., and wrote extensively on anatomy and other
subjects.

—— x ——

ALASDIR MAC MHAIGHSTIR ALASDIR.

The Rev. Alexander Macdonald was a native
of Uist, and belonged to the Clanranald branch
of the Macdonalds. He graduated at the Uni-
versity of Glasgow, July 16th, 1674. He was
ordained and appointed minister of the parish of
Ardnamurchan some time before the year 1688.

He was an Episcopalian. He was tacksman
of Dalilea in Moidart, at which place he resided.
He married a Maclachlan girl from Morvern, and
had a large family. He was deprived of his
charge for non-jurancy, that is, for refusing to take
the oath of allegiance to William and Mary,
October 26th, 1697. He possessed great physical
strength. He was an honest and conscientious
man.

Angus, known as Aonghus Beag, was the eldest
son of the minister of Ardnamurchan. He
succeeded his father as tacksman of Dalilea. He
became a Roman Catholic. He was a man of
uncommon strength. He was a Captain in Clan-
ranald's regiment in 1745. He married Margaret
Cameron from Lochaber. He had a son named
Allan, and a daughter named Marcilla, who was
married to young Ranald Macdonald of Kinloch
Moidart. Allan married a Macdonald girl from
Arisaig, and had two sons, Alexander, and Angus
of Cinn-a-Chreagain. Alexander was a banker.
He bought Lochans from Clanranald about the
year 1814.

Alexander, Alasdair Mac Mhaighstir Alasdir,
was the second son of the minister of Ardnamur-
chan. He was born at Dalilea about the year
1700. He gave clear indications of his intel-
lectual ability at an early age. He attended the
University of Glasgow during some sessions.
Whilst still a student he fell in love with Jane
Macdonald of Dailneas, in Glenetive, and
married her. He was compelled by this unwise
step to give up the prosecution of his studies.
We meet with him as teacher and catechist in
Ardnamurchan in 1729. He was not parish
schoolmaster. There was indeed no such thing
as a parish school in Ardnamurchan in his day.
He was supported as teacher chiefly by the com-
mittee for managing the Royal Bounty, but partly

by the Society for Propagating Christian Know-
ledge. In 1741 he published a Gaelic and English
vocabulary, a valuable work, and the first diction-
ary of the Scottish Gaelic published in a separate
form. In the preface he speaks highly of the
work of the Protestant Society for Propagating
Christian Knowledge, and places "popish emis-
saries" among the evils from which the Highlands
then suffered. In the same year, on the 28th
of April, the visitors of the Charity School of
Ardnamurchan reported to the Presbytery "that
when they attended there in order to visit said
school, Alexander Macdonald, schoolmaster, sent
an apology to them for absence, namely, that
through the great scarcity of the year he was
under immediate necessity to go from home to
provide meal for his family." At a meeting of
Presbytery held July 15th, 1745, Mr. Lachlan
Campbell, minister of Ardnamurchan, reported
"that the Charity School in his parish had been
vacant since Whitsunday last by the voluntary
desertion of Alexander Macdonald, the school-
master."

The parish of Ardnamurchan is forty-five miles in
length by thirty-three in breadth. Owing to its
extent Mac Mhaighster Alasdir had to go with his
school from one place to another within its bounds.
From 1729 to 1738 he taught at Eilain Fhionain ;
from 1738 to March, 1739, at Killechoan ; and
from March, 1739, to Whitsunday, or May 15th,
1745, at Coir'-a-Mhuilinn at the base of Beinn
Shianta. His salary was very small. From 1729
to 1732 it was £16 a year, and from 1732 to 1738,
£18 a year. In 1738 it was reduced to £15 a
year, in 1739, to £14, and in 1744 to £12.

Prince Charles landed in Borrodale, July 25th,
1745. The poet at once joined his standard.
After Culloden he concealed himself for some
time in the woods and caves of Arisaig. Shortly

after the passing of the Indemnity Act, in June, 1747, he was appointed Bailie of the Island of Canna. His poems were published in Edinburgh in 1751. He lived for a while at Eigneig. He was deprived of Eigneig by Clanranald, and compelled to migrate to Knoydart. Whilst at Eigneig he was on very bad terms with Father Harrison, priest of Moydart. In Knoydart he lived at Inverey, Ionar-aoidh. He resided for some time at Strath-Arisaig, then at a place between Camus-an-talmhuinn and Ru, and finally at Sanndaig, where he died.

On the night on which the poet died two young men were sitting up with him. Finding the time long, they began composing a song. The poet made some remarks about their want of success, and came to their help by making a few verses for them. He had scarcely finished the last verse when he fell back on his pillow and breathed his last. The year of his death is unknown. He was buried in the cemetery of Kilmhoire, near the present Roman Catholic Church in Arisaig.

Mac Mhaighster Alasdir was born and brought up an Episcopalian. He was unquestionably a Protestant when he wrote the preface to his vocabulary, or in 1741. He was professedly a Protestant until he gave up his school in May, 1745. He became a Roman Catholic about the time of the arrival of Prince Charles, or in July, 1745. He belonged to the Presbyterian Church whilst teaching in Ardnamurchan.

Reid, in his Bibliotheca Scoto-Keltica, page 82, gives the following description of the poet :— "In person Macdonald was large and ill-favoured. His features were coarse and irregular. His clothes were very sluggishly put on, and generally very dirty. His mouth was continually fringed with a stream of the juice of tobacco, of which he chewed a very great quantity."

There was something very coarse about Mac Mhaighstir Alasdir's moral nature. He could use the foulest language. His Di-moladh Moraig and Marbhrann na h-Aigeannich are of an utterly disgraceful character. It was wrong to compose such pieces, but it was outrageous to publish them, especially for a man who had been teaching school for years, and who at the time of publication must have been about fifty years of age. It is right, however, to mention that the statement has been made, and probably upon good authority, that he came to regret his improper course in publishing such unbecoming poems.

As a poet Mac Mhaighstir Alasdir occupies a very high place. He had a powerful intellect, a strong imagination, and an astonishing command of words. In reading his poems we cannot help feeling that we are in the presence of a man of mighty brain power. His intellect was almost of Miltonic order. There was nothing feeble about it.

With all his ability there were some defects about Mac Mhaigstir Alasdir as a poet. Whilst all his poems display intellectual power there are only a few of them that are polished and finished as they should be. He has sometimes lines that are too short or too long, an utterly inexcusable thing in a man of his poetic gifts and education. He had descriptive powers of a high order ; yet he allowed himself to fall into the childish and absurd practice of stringing together a number of useless adjectives. He had a masterly knowledge of his native tongue ; yet contrary to all laws of propriety he introduces such English words as pomp, sign, standard. He has frequently the same thought more than once in the same poem, only in different words. He has good ideas in all his poems, but then he has occasionally unimportant, if not absurd ideas, which should have been omitted.

We are always glad in reading Homer or Virgil
to meet with Jupiter, Mars, Neptune, and Æolus ;
but we have no fancy for them in Mac Mhaighstir
Alasdir's poems. They are entirely out of place.
Still Mac Mhaighstir Alasdir was a classical
scholar, and might refer to these gods if he saw
proper. When however bards who knew nothing
about Greek or Latin speak of them as if they
were intimately acquainted with them one cannot
help regretting that the illustrious bard of Moidart
had ever mentioned their names to his country-
men. Mars, Bacchus, and the Muses suit very
well in Greece and Itlay ; but Cochullin, Mac-
na-Bracha, and the Sithichean, suit better in
Scotland and Ireland.

Alasdir Mac Mhaighstir Alasdir had four of a
family, Ranald, and three daughters. Ranald
lived in Strath Arisaig for several years. He re-
moved to Eigg, where he became tenant of the
farm of Laig. He published a valuable collection
of Gaelic poetry in 1776. He was married, and
had at least one son, Allan. Allan died in Eigg.
He had a son named Angus. Angus was a
Lieutenant in the war between the Northern and
Southern States. He died at Milwaukee about
thirteen years ago.

A BHANARACH MHIOGACH.

LE ALASDIR MAC MHAIGHSTIR ALASDIR.

LUINNEAG.

A bhanarach dhonn a chruidh,
Chaoin a chruidh, dhonn a chruidh,
Cailin deas donn a chruidh,
Cuachag an fhasich.

A bhanarach mhiogach,
'S e do ghaol 'thug fo chis mi ;
'S math 'thig lamhinnean sioda
Air do mhin-bhasan bana.

'S mor 'bu bhinne 'bhi 't eisdeachd,
'N am bhi 'bleoghann na spreidhe
Na an smeorach 'sa cheitein
'M barr geig ann am fas-choill.

'Nuair a sheinneadh tu 'n coilleag,
'Leigeil mairt ann an coille,
Thaladh eunlidh gach doire
'Dh' eisdeachd coireall do mhanrain.

Ceol farasda, fior-bhinn,
Fonnar, farumach, dionach,
'Sheinn an cailin donn, finealt'
'Bheireadh biogadh air m' airnean.

Ged a b' fhonnar an fhiodhull,
Is a teudan an righeadh,
'S e 'bheireadh danns' air gach cridhe
Ceol nighean na h-airidh.

Tha deirg' agus gile
'Gleachd an gruaidhean na finne ;
Beul min mar an t-sirist,
Do am milis 'thig gaire.

Deud snasta na ribhinn,
Snaidhte, cruinn, mar na disnean ;
Gur h-i 'n donn-gheal ghlan, smideach,
Is ro mhiog-shuileach faite.

Chuireadh maill' air do leirsinn,
Ann am maduinn chiuin cheitein,
Na gathanan greine
'Thig o teud-chul cas, fainneach.

'S ciatach nuallan na gruagich,
Ri bleodhann cruidh ghuaillf hinn,
A toirt tormain air cuachaig,
'S bodhar-f huaim aig a claribh.

'S taitneach sinbhal a cuailein,
Ga chrathadh mu 'cluasan,
A toit muidh' air seisd-luachrach
An taigh-buaile 'n gleann fasich.

A muineal geal, boidheach,
Mu an iathadh an t-omar ;
A dhath fein air gach seorsa,
'Chit' a dortadh tre 'braghad.

Da mhaothbhois 'bu ghrinne
Fo 'n da ghairdein 'bu ghile,
'Nuair a shint' iad gu h.inealt'
Gu sinean cruidh f hasgadh.

Gum bu mhodhar mo bheadrach
'Teachd do 'n bhuaile mu eadradh,
Seimh, sult-chorpach, beitir,
'S buarach 'greasadh an alich.

Glac gheal a b' ard gleadhar,
'Stealladh bainne 'n cuaich-bhleoghinn,
'Seinn nan luinneag bog, seaghach,
'Togail cobhir ri blarich.

'Nuair a thogadh tu 'bhuarach,
Cuach is curasan na buaile,
B' ao-coltach do ghluasad
Ri guanaig na sraide.

Miogach, smiling, sly-looking. Fas-choill, a young grove.
Coilleag, a low and cheerful note. Coireall, a carol, a
cheerful note. Biogadh, starting, lively palpitation, a
thrilling effect. Finne, a fair one. Sirist or siris, a cherry.
Smideach, or smeideach, beckoning. Faite, a smile. Maill
or maille, delay, hindrance, impediment ; also slowness.
Cuachag, a neat young girl ; a pail, a small cup. Seisd-
luachrach or seid-luachrach, a bed or seat of rushes. Omar,
amber, the reference being to beads or a necklace made of
amber. Beadrach, a playful girl. Eadradh, the time of
folding or milking cattle. Beitir, neat, clean, tidy. Seaghach,
sensible. Blarach, a white-faced cow. Curasan, a milk-pail.

——— × ———

LACHINN OGAI.

Lachlan Ogai was an Irishman. He was a
handsome man, and well-educated. He could
converse fluently in Gaelic, English, French, and
Latin. He fell in love with the daughter of a
chieftain. He was too poor to ask her hand in
marriage. The girl was as deeply attached to him
as he was to her. They vowed to be faithful to
one another until death. Lachlan entered the
army. He served several years in Flanders. He
returned to Ireland an officer about the year 1740.
He was a distinguished swordsman. During his
absence the girl had rejected several prominent
suitors. Immediately after his return he ran off
with the object of his affections. He was pursued
and overtaken in a glen on Sabbath-day. The
girl clung to her lover. Her pursuers took hold
of her and endeavoured to tear her away from
him. Lachlan drew his sword, but unfortunately
a blow aimed at one of his opponents laid the girl
dead at his feet. He surrendered at once, saying
he had no wish to live any longer. He was im-
prisoned, and was to be put to death. It was
whilst in prison that he composed Mo Mhali
bheag, og, one of the saddest, most pathetic, and

most beautiful poems in any language. The broken-hearted poet became insane, and was set at liberty. He crossed over to Scotland. He wandered about Kintyre several years. He lived to be an old man.

John Mackenzie, in his Sar-Obair nam Bard, says that the author of " Mo Mhali bheag og " was the son of a respectable tenant in the Highlands of Perthshire, that he had served under King William on the Continent, soon after the Revolution, and that Mali was the daughter of a neighbouring landed proprietor. A writer in the Oban Telegraph, of January 30th, 1891, gives an interesting account of Kilchrenan, at Loch Awe in Argyleshire. He makes the following reference to the author of " Mali bheag og ":—" In the south side of Coille Na h-earraich, on the bank of Uisge-Chille, is a little chasm known as ' Eas Lachain Hogie.' as he was called in Lorn, the author of the beautifully melodious, and saddest of love-wails, ' Mo Mhali Bheag Og.' The melancholy occurrence that caused this gentleman to lose his reason and wander a harmless lunatic through the country, happened in Ireland. He was an officer in a Scotch Regiment quartered there ; his name was Maclachlan, and he was a man of soldierly appearance, tall and handsome. He fell in love with an Irish lady, and his ardent feelings were fully reciprocated, but the lady's friends were bitterly opposed to their wooing, and the only alternative open to the lovers was to run away ; this they did, but their flight was discovered, and pursuit given on horseback which speedily ' overtook the fugitives. Maclachlan placed his lady love in the shelter of a low rock and took his stand, sword in hand, in front of her, prepared to defend them both. This he did successfully for some time, until by a back hand stroke he unfortunately struck and killed his sweetheart, while

risking his own life in her defence. The Irishmen
observing the sad issue of their murderous rage
ceased the attack, and on Maclachlan turning
round and seeing his loved one lying in a pool of
blood his own hand had drawn, and life's scarlet
tide fast ebbing away, his reason gave way and
he became a raving maniac. He was detained
for a long time for purposes of vengeance, but as
he appeared crazed for life, he was released, and
wandered into Scotland. Years after, however,
his mind reasserted itself, and it was in some of
his lucid moments he composed his beautiful song,
so full of sorrow, remorse, and woe. The little
hollow in Kilchrenan wood was a favourite resort
of his, and an eerie lonely spot it is."

We would be glad to find that Lachinn Ogai
was really a Highlander. We are disposed how-
ever to believe that the account we have given of
him is substantially correct. For the facts con-
tained in that account we are indebted to an
article written by Dr. Norman Macleod and pub-
lished in Cuairtear nan Gleann, in July, 1841. Dr.
Macleod states that he knew men who were ac-
quainted with Lachinn Ogai.

MALI BHEAG OG.

LE LACHINN OGAI.

Nach cruaidh leat mi 'bhi 'm priosan,
Mo Mhali bheag, og ?
Am maireach bheirear binn orm,
Mo chuid de 'n t-saoghal mhor !
A bhean nam basan mine
'S nan gruaidhean dearga, lionte,
Is tu nach fagadh shios mi
Le mi-run do bheoil.

Di-domhnich ann sa ghleann duinn,
Mo Mhali bheag, og !
'S mi 'toiseachadh ri cainnt riut,
Mo chuid de 'n t-saoghal mhor !
'Nuair 'dh' fhosgil mi mo shuilean,
'S a sheall mi air mo chulaobh,
Bha marcich' an eich chruithich
'Tigh'nn dluth air mo thoir.

Is mis' a bh' air mo bhuaireadh,
Mo Mhali bheag, og !
'Nuair 'than' an sluagh mu 'n cuairt duinn,
Mo ribhinn ghlan, ur !
Is truagh nach h-ann san uair ud
A thuit mo lamh o m' ghualinn,
Mun d' amis mi do bhualadh,
Mo Mhali bheag, og.

Nach boidheach leibh mar 'dh' fhas i,
Mo Mhali bheag, og ?
Mar lili ann san fhasach,
Mo cheud ghradh 's mo run !
Mar aiteal ciuin na greine
'Dol seachad ann sna speuribh,
Mar sud 's ann 'bha mo cheud ghradh ;
'S i Mali bheag, og.

Do mheuran fada, caola,
T' fhalt cuachach mar an t-or,
'S do dha chaol mhala mhine
Mar ite dheas an eoin ;
An t-suil 'bu ghlaine leirsinn,
Am beul 'bu bhinne leughadh,
'S a h-uile math a reir sin
Air Mali bheag, og.

Cha n-iarrinn leat crodh-bailgionn,
No airgiod no or,

No deagh-ghean 's meas do chairdean,
Ge laidir an seors'.
Ach dh' iarrinn 'bhi cho dearbhte,
'S a chaoidh mum faicinn fearg ort,
Gun siubhlinn leat an fhairge
Gun dealg ach da bhord.

Gun siubhlinn leat an saoghal,
Mo Mhali bheag, og !
Cha fad' is cul na greine,
A gheug 's aille gnuis.
Gun ruithinn is gun leuminn
Mar fhiadh air bharr nan sleibhtean
Air ghaol 's gum biodh tu reidh rium,
Mo Mhali bheag, og.

Is truagh a rinn do chairdean,
Mo Mhali bheag, og !
'Nuair 'thoirmisg iad do ghradh dhomh
Mo chuid de 'n t-saoghal mhor
Nan dugadh iad do lamh dhomh
Cha bhidhinn air an am so
Fo bhinn arson mo ghraidh dhuit,
Mo Mhali bheag, og.

Cha deid mi do na bhuaile,
Mo Mhali bheag, og !
A dh' eisdeachd ris na cuachagan
'Sior sheinn le ceol.
Ged bhidheadh iad gam luaidh riut
Cha chairich is cha ghluais thu ;
Och, mis' an nochd, mo thruaighe,
Mo Mhali bheag, og !

Nach cruaidh leibh fein mar 'dh' eirich
Do m' Mhali bhig, oig?
A cur an ciste cheirich,
Mo chuid de 'n t-saoghal mhor !

Ged lioninn-sa Loch Fireann
Le deoir mo chinn ga reubadh
Cha ghluais thu 'chaoidh 's cha n-eirich,
Mo Mhali bheag, og !

Ged bheirteadh mi o 'n bhas so,
Mo Mhali bheag, og !
Cha n-iarrinn tuilleadh dalach,
Mo cheud ghradh 's mo run.
B' anns' an saoghal s' f hagail
'S gum faicinn t-aodann gradhach,
Gun chuimhn' 'bhi air an la sin
'S an d' f hag mi thu ciuirrt'.

—— x ——

MR IAIN MOR MAC-DHUGHILL

The Rev. John Macdonald, Iain Mor Mac-
Dhughill, was a native of Lochaber. He was,
we believe, a grandson of Alasdir Ruadh Mac-
Dhughill of Ionar-Laire. His mother was a
daughter of Macdonald of Craineachan. He was
a priest, and was stationed in the Braes of Loch-
aber. He died in 1761. He was a man of great
strength, a very useful qualification for the High-
land ministers and priests of his day.

——

ANN' EUDMHOR NIGH'N AILAIN.

LE MR IAIN MOR MAC DHUGHILL.

Thog thu ormsa mar thuaileas
Gun dug mi fuath do 'n f hior ghlaine ;
'S cha robh agad dhe d' shaothir
Ach mar shnod caol 'chur mu ghainimh.

Ann eudmhor nigh'n Ailain,
'S neo-bheusach a bhean i ;
Ann eudmhor nigh'n Ailain,
'S i-fein 'thog an all' oirnn.

Cleas na muic' air dhroch bhiathadh
Rinn thu, 'bhiast, air an leanabh,
Nuair a mhuch thu fo d' chot' e,
'S e gun deo ann de 'n anail.

Ach nam faighinn 'san Roimh thu
Ann an seomar nan cailleach,
Naile chuminn ri d' bheo
An cainbe bhroin thu ri aithreach'.

Ciamar 'gheibhinn bho nadar
Gun 'bhi baighail ri Anna ?
Nighean brathair mo mhathar ;
'S beusach narach a bhean i.

Tha i banail, ciuin, ciallach,
Tha i fialidh, glic, ceanalt';
'S ris gach bochd tha i pairteach ;—
'S bean gun nair' a thog all' oirr'.

We got this poem, except the first verse, from John Macdonald, an Taillear Abrach, several years ago. The first verse was sent to us a few months ago by Colin Chisholm, Esq., Namur Cottage, Inverness.

— x —

MARBHRANN DO DH-ANNA DHOMH-NULLACH.

LE MR IAIN MOR MAC-DHUGHILL.

'N ainnir a chunnic mi 'm chadal
Cha robh i agam 'nuair 'dhuisg mi ;
'S e bhi smuaineachadh nach beo thu
'Dh' fhag na deoir a ruith o m' shuilean.
'S gearr an sealladh dhiot a fhuair mi ;
'S truagh nach robh 'm bruadar na b' fhaide,
'S gum faicinn gach ni mu' n cuairt dhuit
Gun ghluasad o m' shuain gu maduinn.

Dh' iathinn mo shuilean mar b' abhist
Ri amharc ailleachd do phearsa ;
Urla sholuis a's glan dearsadh
'Choisinn cliu gach armuinn bheachdail
Do mhuineal mar chanach sleibhe,
Do dheud gle gheal, 's do bheul meachir ;
Do shlios mar fhiuran deas, dealbhach,
'S calbannan mar alabaster.

Aithnichear air an aitribh uasil
A bhuaidh a bhios fuaight' ris an tamhidh,
Aithnichear air a choluinn phrisail
An t-anam 'm bi brigh is caileachd,
Gun aithnicht' ortsa on bha thu 'd leanabh
Gum biodh tu gu banail, baighail,
Gum biodh tu gu briathrach, sgialach,
'S gum biodh tu gu ciallach, narach.

Cha do mheall thu iad nam barail,
Bu tu barrachd nam ban alinn ;
Bu tu Fenics nam ban feumail ;
Bu tu 'n euchdag threubhach, stathmhor.
'Nad chomhairle gheibhteadh fuasgladh
'Nuair 'bhiodh tuaireap air do chairdibh ;

Bha thu lan misnich is cruadail,
'S gach deagh-bhuaidh bha fuaight' ri d' nadar.

B' fhoghaintich' thu na Debora,
'S bha thu cho boidheach ri Iudith ;
Thu cho geanmnidh ri Susanna,
'S cho banail rith anns gach giulan,
Bha thu iochdmhor, creidmheach, diadhidh ;
Mu d' chuid bha thu fialidh, pairtail,
Aig linmhoireachd do bhuaidhean uasal
Bu do bhean shuairc a bh' aig Nabel.

Cait an gabh an gliocas comhnidh
An nis bho nach beo thu, Anna ?
Cait an deid an gealladh cinnteach ?
Cait an fhirinn ? cait a ghlaine ?
Cait an deid an labhirt ghasda ?
Cait an deid an tuigse chomhnard ?
Cait an deid an giulan banail ?
Caite ceanaltachd is coiread ?

'S truagh leam do chlann 'bhi 'nan deoiribh ;
'S truagh leam bron 'bhi aig do mhathair ;
'S truagh leam do pheathrichean deurach,
Mu d' dheibhinn, 's cha dean e stath dhaibh,
Is truagh leam osnich do bhraithrean
Bho nach d' fhuair iad dail bho 'n eug dhuit,
Mise cha n-fhaic gu la bhrath thu :—
Mo bheannachd gu faras De leat.

Rinneadh an t-oran so do dh-Anna Dhomhnul-
lach, nighean brathair mathar Mhr Iain.   Bha i
posda ri Aongus Domhnullach, mac do Ghilleasbic
Dubh nam Biorichean an Aberardair.   Chaochail
i air a leaba-shiubhla.

CALUM A GHLINNE.

Malcolm Maclean, Calum a Ghlinne, was a
native of Kinlochewe, in Ross-shire. He enlisted
in the army when quite a young man. He retired
with a pension. It is likely that after his return
he lived for some time in his native district. He
spent the latter part of his days in Glensgaith, at
the foot of Benwyvis, Beinn-fhuathais ; where he
had a small piece of land, and grazing for two or
three cows. He was married, and had a daughter.
He was a good-natured, cheerful man, but was too
fond of a dram. He had an excellent wife, a
woman who never said a cross word to him,
whether he was drunk or sober. He died about
the year 1764. His daughter was married. Her
husband and herself were living in the parish of
Contin in 1769.

MO CHAILIN DONN OG.

LE CALUM A GHLINNE.

LUINNEG.

Mo chailin donn og, 's mo nighean dubh thog-
arrach,
Thoginn ort fonn 's neo-throm gun toginn,
Mo nigh 'n dubh gun iarridh, mo bhriathar, gun
toginn,
'S gun innsinn an t-aobhar nach h-'eileas ga d'
thogradh,
    Mo chailin donn og.

Gu bheil thu gu boidheach, bainndidh, banail,
Gun chron ort fo 'n ghrein, gun bheum, gun
    sgainnir ;
Gur gil' thu fo d' lein' na eiteag na mara,
'S tha choir' agam fein gun cheile 'bhi mar-riut.

Gur muladach mi 's mi dhith na 's math leam ;
Na dheanadh dhomh stath th' aig cach ga mhalirt,
Bidh t' athir an comhnidh 'gol le caithream ;
'S e eolas nan corn a dh' fhag mi cho falamh.

Nam bidhinn-sa 'gol mu bhord na dibhe,
'S gum faicinn mo mhiann 's mo chiall a tighinn,
'S e 'n copan beag donn 'thogadh fonn air mo
    chridhe,
'S cha duginn mo bhriathar nach iarrinn e rithisd.

Bidh bodich na duthch' ri burt 's ri fanaid,
A cantuinn rium fein nach geill mi 'dh-ainnis,—
Ged tha mi gun spreidh tha teud ri 'tharruinn,
'S cha sguir mi de 'n ol ri m' bheo air thalamh.

'S iomadh bodachan gnu nach durig m' aithris,
Le 'thional air spreidh 's iad ga threigsinn 's
    t-earrach,
Nach cosg ann sa bhliadhn' blaigh trian a ghallain,
'S cha doir e fo 'n uir na 's mu na bheir Calum.

Nam bidhinn air feill 's na ceudan mar-rium
De chuideachda choir a dh' oladh drama,
Gun suidhinn mu 'n bhord 's gun traighinn mo
    shearrag ;
'S cha duirt mo bhean riamh rium ach Dia leat a
    Chaluim.

Ged tha mi gun stor le ol 's le iomirt,
Air bheagan de ni le pris na mine,
Tha m' fhortan aig Dia 's E fialidh uime,
'S ma gheibh mi mo shlaint gum paigh mi na
    shireas.

Ge mor e le cach na tha mi 'milleadh,
Cha duginn mo bhoid nach olinn tuilleadh ;
Gur h-e a bhi mor tha 'n fheoil a sireadh ;
Tha 'n sgeul ud ri aithris air Calum a Ghlinne.

AN T-EACH ODHAR.

LE CALUM A GHLINNE.

Thug mi 'n sgriob ud bho Cheann-Locha
Leis an each 'bu mhath gu obair ;
'S gu de 'thachir rium gu h-obann
Ach stop sgobaig 's dram ann.

LUINNEAG.

Sud mar 'dh' iomir mi 'n t-each odhar.
'Thug mi thun na feille foth am ;
'N uair a shaoil mi 'chur air theadhair,
'S ann a gheibhinn dram dheth.

Ghabh mi cairtealan an toiseach,
'S thuirt bean-an-taighe gun doicheall,
B' fheairrd' thu rud an deidh na coiseachd,
'S thug i deoch is dram dhomh.

Dh' fhosgil mi dorus an t-seombir ;
Bha cairdean ann is luchd-eolis,
'S thuirt iad rium le briathran mora,
Gun olinn gun taing dhomh.

Bhon a fhuair mi iad cho cridhail
Ghlaodh mi-fhin air stop a rithisd ;
Saoil sibh fein nach b' fheairrd' sinn dithisd,
'S mi 'thighinn cho anmoch !

Shuidh mi gu somalt 'am chathir,
'S ghlaodh mi 'suas ri bean-an-taighe,
Bhon theirig solus an latha
Gun gabhamid coinnlean.

Thug mis' an oidhche gu latha
Ri sior ol an uisge-bheatha
'S airgiod mo ghearrain ga 'chrathadh
Ri aighear 's ri dannsa.

'N uair a shaoil mi gum b' e 'n lath' e,
Dh' fhosgil mi dorus a chadha,
'S chunnic mi 'n talamh, 's an t-adhar,
'S ball' an taighe 'dannsa.

Chuir mac-na-bracha air mhisg mi,
Chaidh e ann am cheann a chlisgeadh,
'S thug e bhuam mo chainnt a thiotadh
Le liotich' mo theanga.

'N uair a dh' eirinn ann am sheasamh,
'S ann a dh' fhalbhinn air mo leth-taobh;
Gun do bhagir e mo leagadh,—
Cuid de 'n chleas a rinn e.

Cha dug mise bharr na feille,
Airson m' eich a b' airde 'leumadh,
Ach da fhacal de dhroch Bheurla;
'S bha mi-fein an call deth.

'S e bu chiall dhaibh thig, a nighean,
'S lion a suas an stop a rithisd.—
Cha robh guth air mal an tighearn'
No air dlighe maighstir.

———

Bho Cheann-Locha is in the MS. do Cheann-Locha, and may be correct. It is said however that it was at Dingwall that Malcolm sold the horse. Sud mar dh' iomir mi 'n t-each odhar is what is in the MS., and is to us more expressive than the words generally sung, Sud mar 'bhuilich mi 'n t-each odhar. Sud mar 'dh' iomir means that's the way I used or played; sud mar 'bhuilich, that's the way I bestowed or disposed of.

——— x ———

FEAR ATADAIL.

John Matheson of Fernaig, married a daughter
of Kenneth Mackenzie of Pitlundie, by whom he
had Donald, Alexander, Farquhar, and others.
He purchased Attadale and Corrychruby for his
eldest son about the year 1730.   He died in 1760.

Donald Matheson settled in Attadale shortly
after his father had purchased that estate.   He
was consequently known as Fear Atadail.   He
married Elizabeth, daughter of James Mackenzie
of Highfield, but had no children by her.   He
succeeded his father in Fernaig.   He died in
1763.   He was the author of several poems.   He
was succeeded in his estates by his brother
Alexander.

DUANAG.

LE DOMHNULL MAC-MHATHAIN, FEAR ATADAIL.

LUINNEAG.

E hu ro bhi hoireann oho,
E hu ro bhi hoireann agh,
E hu ro bhi hoireann eile,
Mo run fhein a bhi le m' ghradh.

Nam biodh agam bata biorach,
Sgioba ghillean agus raimh,
Rachinn an null thar na linne
'Shealltinn 'bheil an nigheam slan.

'S mor gum b' fhearr leam leaba luachrach
'San taobh tuath am muigh air blar,
Na ged gheibhinn leab' an seomar
'S e seachd storaidhean air aird'.

Is beag orm te fhaoin a cheilidh,
'S tric a thug i 'bhreug dhe 'triall ;

'S te mhugach nach faighnichd cairdean,
Cha n-i 's fearr a choisneas miadh.

Cha taobh mi banntrach fir idir,
No sean te gun duin' aic' riamh,
Is te og a tha gun sgoinn innt'
Cha ghabh mi mar mhnaoi gu sior.

Mo mhiann caileag bhoidheach, bheusach,
'S i bhi 'leum 'na h-ochd bliadhn' diag ;
'S ged a shlanicheadh i 'n fhichead,
'S docha nach bu mhisd a ciall.

Thaghinn te 'bhiodh modhail, banail,
Thaghinn te 'bhiodh fallain, fial ;
Te le spreidh is moran chairdean,
Ciall is naire 's cail gu gniomh.

—— × ——

MR IAIN MAC-GILLEMHOIRE.

The Rev. John Morrison was born in Spey-
mouth in 1701.   He graduated at the University
of St. Andrew's in 1722.   He was ordained in
January, 1746, as missionary at Amulree.   He
became minister of Petty in 1759.   He died
November 9th, 1774.   He was a man of much
humour and fervent piety.   He was also a man
of great sagacity, and was looked upon by many
as having the gift of prophecy.   He was an
excellent poet.   He composed Mo nighean dubh
'tha boidheach dubh about the girl who became
his wife.   He was married July 8th, 1766.   It is
said that he had baptized his wife when a child.
He must thus have been at least forty-five years
older than she was.   This difference in age will
account for the fact that her friends were opposed
to the marriage.   He had two daughters, Delvina
and Margaret.

The following anecdote will show that it was not a very wise thing for people to sleep in church before the minister of Petty :—One day a man named Macrae fell asleep and tumbled off the seat making a good deal of noise. The minister paused and fixing his eyes upon him said to him,—

A Mhic-Rath an dig rath idir ort?
Chuir thu eagal air na bha 'nan dusgadh,
Agus dhuisg thu na bha 'nan cadal.

—— x ——

MO NIGHEAN DUBH THA BOIDH-EACH, DUBH.

LE MR IAIN MAC-GILLEMHOIRE.

LUINNEAG.

Mo nighean dubh 'tha boidheach, dubh,
Mo nighean dubh na treig mi ;
Ged theireadh cach gu bheil thu dubh,
'S co gheal 's an gruth leam fein thu.

Moch la coille ann sa mhaduinn
'S mi a m' leab' ag eirigh,
Gum facas oigh an taice rium,
'S a gnuis ro dhreachmhor, ceutach.

Cha n-urrinn mi gun labhirt ort
Gus do mhais' a leughadh ;
Di-domhnich 'dol do 'n chlachan duinn
Bean do dhreach cha leir dhomh.

Thig stocain gheal air rogha dealbha
Air do chalba gle gheal,
Brogan barr-chumhann 's bucail airgid ;—
Oigh air dhealbh na grein thu.

Do chom meanbh-gheal mar thonn gailbheach,
Air fonn gainmhich 'g eirigh ;
Mar tharr geala-bhreac iasg na fairge
Tha do dhealbh is t' eugas.

Do shlios fallain mar shneachd bheannibh
'Thig o smal nan speuran ;
Mar fhaoileann mara ri la gaillinn
Air uchd mara 'g eirigh.

'S math 'thig gun san fhasan duit,
Cho math 's a tha 'n Duneideann,
Mu d' mheadhon caol ga theannachadh
'S a chamhanich 's tu 'g eirigh.

Thig brat siod' a chosdas gini
Mu do chiochan gle gheal ;
,S e 'dh' fhag m' inntinn-sa fo mhi-ghean
Nach d' fhaod mi 'bhi reidh riut.

Thig plasg omair air t' uchd boidheach,
Ann an ordagh gle mhath ;
'S e gaol do phoig' a rinn mo leon,
'S a dh' fhag mi beo gun speirid.

Do shuilean mar na dearcagan,
'S do ghruaidh air dhath na ceire ;
Cul do chinn air dhreach an fhithich,
'S e run mo chridhe fein thu.

Suil chorrach dhonn fo d' chaol mhala,
O 'n dig an sealladh eibhinn,
Mar dhealta camhanich 'san earrach,
'S mar dhriuchd meal' a cheitein.

Tha falt dubh, dualach, trom, neo-luaight'
An ceangal sguaib air m' eucaig ;
Gur a boidheach e mu d' chluasibh,
'S cha mheas' an cuailein breid e.

Cha dean mi tuilleadh molidh ort,
O 'n 's tu mo rogha ceile ;
'S ann ort a tha 'n cul fainneagach,
Mar sud 's am braighe gle gheal.

'S olc a rinn do chairdean orm,
'S gun d' rinn iad pairt ort fein dheth,
'Nuair 'chuir iad as an duthich thu,
'S mi 'n duil gun deaninn feum dhuit.

'S ge nach deaninn fidhleireachd
Gun deaninn sgriobhadh 's leughadh,
'S air naile dheaninn searman dhuit
Nach talicheadh neach fo 'n ghrein air.

— x —

CUMHA

Do dh-Eachann Og Mac-Gilleain a Tireadh, a
chaidh a bhathadh air a chuan Bharrach.

LE MAIRI NIC-PHAIL.

Gur h-e mise 'tha fann,
Tha mo shuil gu bhi dall,
'Caoidh an fhiurain gun mheang ;
Chaill mi ubhlan mo chrann,
'S chuir sin buaireadh 'am cheann ri m' bheo.
    'S chuir sin buaireadh, &c.

Cha bu sgeula gun fhios
Mu 'n dug m' eudail orm sgrios ;

Gun do sgaoil e mo shic,
’S tha mo chridhe ’na lic,
’S e mo ghnaths bhi air mhisg gun ol.

Air an eadradh Di-mairt
Fhuair mi greadan mo chraidh ;
Sin a leag mi gu lar
Is a leadir mo chnamh ;
An t-sleagh dhireach tha satht’ ’am f heoil.

’S ann aig t’ athair ’bha ghibht,
Aig na h-eolich tha fios ;
Cha bu thacharan mic
Nach do chaireadh fo lic ;
Dh’f hag sin e-san na sgriot’chan broin.

A mhic aoibheil a b’ f hiu,
B’ alinn sealladh do shul’;
’N uair a chrathadh tu ’null
Do ghruag dhualach, dhonn chuil,
B’ ard a thogadh tu ’ruin an t-sron.

A mhic mhaisich gun f heall,
B’ alinn cumadh do bhall,
Calba cuimir neo-cham
’Dhol a shiubhal nam beann ;
Bu tric buidheann gun mheang ’ad choir.

Nam bitheadh tu thall
Ann an coinnimh nan Gall,
’S iomadh fear ’bhiodh mu d’ cheann,
’S iad a tarruinn ort teann ;
’Righ, bu taitneach leo cainnt do bheoil.

Gun robh gabhail mhic righ
Air deagh dhalta mo chich,
Tus an latha ’dol sios,
Air a chuairt dhe nach till,
Ann an trusgan caol, min gu leoir.

Gun robh cuilein mo ruin,
Fear nan camagan dluth,
'S e a seoladh ri d' ghluin,
Gus 'n do dhalladh a shuil
Ann am mire nan sugh gun deo.

B' i Mari Nic-Phail muime Eachinn Oig.
Chaidh a mac f hein a bhathadh comhla ris. Is
ann uime a tha i a labhirt sa cheathramh mu
dheireadh.

—— x ——

MR ALASDIR MAC-FARLAIN.

The Rev. Alexander Macfarlan, A. M., was
licensed by the Presbytery of Dunoon in 1737,
ordained and inducted into the pastoral charge of
Kilninver and Kilmelfort in 1740, and translated
to Arrocher in 1754. He published a Gaelic
translation of Baxter's Call to the Unconverted,
in 1750. He prepared for the press a revised
edition of the Psalms and Paraphrases in Gaelic.
This work, for which he received the thanks of the
Synod of Argyll in 1751, was published in 1753.
He was married to Susan Campbell. He died
July 23rd, 1763. His widow died February 5th,
1808.

LAMH AN SLAODADH RIUM.

LEIS AN URRAMACH ALASDIR MAC-PHARLAIN.

'Dhaindeoin duine no gun f hios da,
'N tog mi 'chreach, no 'n goid mi 'chuid?
'N lamh 'f huair mi gu obair chneasda
'N sin mi mach gu creich no braid?

'S mealltach faoin an ni do ghadich'
Duil bhi aig' ri buidhinn chreach.
'S crioch gu tric d'a theagar salach
Gad mu 'mhuineal ris a chroich.

Co dhiu 's crioch dha croich no tinneas,
Bas le arm, no anradh cuain,
Tilgear anam 'dh-ionnsidh 'n Donuis ;
'S leis mar choir luchd-braid is cluain.

Nach tric a chunnic sinn og-ghadich' ?
'S tionnsgnadh beatha dha mion-bhraid ;
Ach air fas da na phriomh-shladidh,
'S crioch d'a bheatha bas a ghaid.

'N saoil sibh gum faod meirle fantuinn
Falicht a chaoidh o bheachd gach sul ?
Air goideadh dhuinn an ni nach buin duinn
Chi an Ti d' an leir gach duil.

Gleidh mo chridh, a Righ is Athir,
Bho shannt maoine nach leam fein ;
Bho ghoid feudail ann ad lathir,
M' anam is mo lamhan gleidh.

Teagar, provision. Tionnsgnadh, commencement.

---- × ----

DAN

LE FEAR AIRDNABIDHE, AGUS E AIR LEABIDH A BHAIS.

Duisg a cholunn as do chadal,
Is fada 'n oidhche do shuain dhuit,
Gun chuimhn' air an t-sligh' mu d' choinnimh ;
'S olc dhuit an comunn a fhuair thu.

Comunn eadar thu 's an saoghal
'S coir daonnan a chumail ceart leat ;
Ma gheibh a cholunn a sath,
Blth aithreachas an la nan leachd ann.

La na lice caoile, cumhinn,
'S mor ar cunntas ri 'thoirt bhuainn air,
A mheud 's a rinn sinn de dh-eucoir
Air ar n-eudann fein gum buail e,
Buailidh striopachas is poit oirnn,
Buailidh mionnan mora 's fearg oirnn,
Sin an latha 's leoir a mheud,
Ged naoh leir an diugh ach meanbh e.

Gach lochd a rinn sinn air thalamh,
'S aithreach dhuinn an lathir Dhe·e ;
Ma thagrar oirnn trian na cuise
'S aobhar gu 'r dunadh am pein e.—
Na h-aithntean 'bu choir dhuinn a chumail,
'S iomarlach a rinn mi 'n cleachdadh ;
Mo ghniomh 's mo labhirt an comhnidh
'Cur an aghidh coir' is ceartis.

Air 'mheud 's de 'n cruinnich thu 'dh-aon ait,
De chuid de mhaoin no de thain leat,
Cha deid leat bharr an t-saoghil
Ach ciste chaol nan tri chlaran.—
'Fhir a dh' ordich mac am broinn,
Is slat an coill, is feur am fasach,
Thoir m' inntinn gu bhi fo gheill duit,
Dean cuimhneach ort fein gach la mi.

Dean domh rathad air mhath m' anama,
Rathad air leanmhuinn a cheartis,
Rathad air mo bheatha shaoghalt'
A chumail saor bho gach peacadh.
Cum bho oibrichean gun iochd mi,
'S fiamhail, furachail, roimh lochd mi,

Oir cunntidh Dia dhuinn le ceartas
Ciall is cuimhne 'bhi 'n ar corp dhuinn.

'S olc a tharlas dhuit a chorpain,
'S beag onair an la mu-dheireadh
'N uair a dhealghas riut an t-anam
Cha n-fhearr thu na talamh eile.
Fasidh do chruth glasdidh, uaine,
Fuarichidh do cheann 's do chasan,
Is tilgear a sios gun speis thu
'S a chreith bho 'n danic thu 'n toiseach.

A Thi mhoir nam buadhan feartach
'Thi a chearticheas gach aon ni ;
Meudich mo mhath 's beagich m' eucoir
Fad mo cheilidh ann san t-saoghal.
Mun dealich mo chorp ri m' anam
Dean mi aithreach ann s gach aon ni ;
Dean deas mi gu 'dhol a chomhnidh
'N comunn gloirmhor an Fhir-Shaoridh.

'Dhuine thruaigh an dug thu 'n aire
Do na peacannan so 'chiurr thu ?
Ma mhothich thu ceart do ghalair
Is tim dhuit teannadh ri tuirse.
Treig an cadal sin air t' aire,
Teann le aithreachas ri urnigh.
Ma 's e t' iarrtas a bhi sona,
'S tim dhuit, a cholunn, 'bhi dusgadh.

—— × ——

DONNACHADH MOR A CHLAIDHIBH.

Sir John Campbell of Glenurchy, Iain Glas, was born about the year 1634. He was created Earl of Breadalbane in 1681. He had two sons, Duncan, Lord Ormalie, and John, Lord Glenurchy. He sent five hundred of his followers to fight under the Earl of Mar in 1715. They were nominally under the command of a man who had nothing to risk except his life, but really under the command of Duncan, Lord Ormalie. John Glas died in 1716, leaving his estates and titles to his second son, John. John, the second Earl of Breadalbane, died in 1752. He was succeeded by his only son, John, who died without issue in 1782. Duncan, Lord Ormalie, chief by blood of the Campbells of Glenurchy, married Marjory, daughter of Campbell of Lawyers, by whom he had two sons, Patric Mor and John. Patric Mor married Jean Macnab, by whom he had two sons, Duncan, Donnachadh Mor a Chlaidhibh, and John, Jain Borb.

Duncan Campbell, known as Donnachadh Mor a Chlaidhibh, Donnachadh Frangach, Fear Margna-ha, and Fear Choirechunna, was born about the year 1715. He was a very handsome man. He was six feet, four inches in height, and stout in proportion. He was one of the best swordsmen of his day. He was for a short time a Captain in the Black Watch. He was a Jacobite of the most pronounced type. He was an excellent French scholar, and was frequently employed in confidential missions between the exiled Stewarts and their friends in the Highlands. Whilst preparing to join Prince Charles with eight hundred Breadalbane men, he was surprised at night in his own house, by Colonel John Campbell of Mam mor, afterwards Duke of Argyll, carried away, and lodged in

jail at Stirling.   Shortly after the battle of
Culloden he was allowed to make his escape,
probably by instructions from his friendly capturer.
He married, in 1746, Janet Macandrew of Fernan,
by whom he had one son, William.   He went to
France about 1753, and never returned.   The
Duke of Argyll and the third Earl of Breadalbane
were anxious that he should come back, but he
was unwilling to live under the Georges.   He
died some time after 1782.   Mac Mhaighstir
Alasdir refers to him in his poem on the Ark.

" Ma tharras tu Fear Choire-Chunna,
    Na fag fo chunnart nan tonn e ;
    Thoir air bord a steach an duin' ud,
    'S buin ris urramach, neo-lombis."

MOCH 'SA MHADUINN 'S MI LAN AIRSNAIL.

LE DONNACHADH MOR A CHLAIDHIBH.

Moch 'sa mhaduinn 's mi lan airsnail
Cian bho chaidrimh m' ionndrinn,
Gur a beag mo luaidh air leabidh,
'Carachadh 's a tionndadh.
Nam faighinn cead gun rachinn grad,
'Nam still gun stad, gun aon-tamh,
A dh-fhios an ait 'sa bheil mo ghradh,
Og mhaighdean aillidh Gheambail.

Ge fad air chuairt mi tamull bhuait
'S i 'n aisling uaill' a dhuisg mi,
Thu 'bhi agam ann am ghlacibh
Lan de thlachd 's de shugradh ;

'Dh-aindeoin buinnig 's cianail m' fhuireach
Ann an iomall duthcha ;
Ochoin, a chiall gum b' e mo mhiann
'Bhi 'n diugh a triall a t' ionnsidh.

A t' ionnsidh theid mi 'nuair a dh' eireas mi
Gu h-eutrom, sunndach ;
Gach ceum de 'n t-slighe 'dol gad ruighinn
Bidh mo chridhe sugach,
Mo mhiann 's mi 'n a geartair air bheag cadil
'Bhi 'nad chaidreamh greannmhor ;
Mo dhuil gnn chleith le durachd mhath
Gur h-e mo bheatha teann ort.

Oigh na maise 's orbhuidh' falt,
'S do ghruaidh air dhreach an neoinein,
Tha eideadh grinn mu dheud do chinn,
'S tu 'm beul bho 'm binn 'thig oran ;
Rosc tana caoin fo d' mhala chaoil,
'S do mheall-shuil mhaoth ga sheoladh ;
An t-seirc 'tha t' eudann greasidh 'n t-eug dhomh
Mur tabhir cleir dhomh coir ort.

Gun choir ort fheudinn, 'oigh na feile,
Ghreas mi-fein gu amhluadh ;
Fhuair thu 'n iasad buaidh bho Dhiarmad
Tha 'cur ciad an geall ort ;
Ciochan geala air uchd meallidh,
Is tu cenail, baindidh.
Do chion falich th' air mo mhealladh
'S e 'na eallach trom orm.

Tha run nam fear fo d' ghun am falach,
Seang chorp fallain, sunndach,
Bho chul do chinn gu sail do bhuinn
'S tu danns' gu grinn air urlar.
Slios mar eala, cneas mar chanach,
Bho chionn tamill m' iul ort ;

'Bhi ga t' aireamh 's gun thu 'm lathir
'Ghreas gu lar mo shugradh.

Mo dhuil mar mhnaoi tha riut gu dian,
Oigh nan ciabh glan, faineach ;
Do bhroilleach geal, trom cheist nam fear,
'S uasal an t-ion banrigh.
Tha seirc is beusan, tlachd is ceutibh,
Mar-ri 'cheile 'fas riut ;
Do ghaol gach lo a rinn mo leon
Cho mor 's nach h-eol domh aireamh.

Cha n-eol dhomh aireamh trian de 'n ailleachd
Dha 'n robh 'n dan dhomh geilleadh ;
Ceillidh, cliuteach, beusach, muirneach,
Ceud fear ur tha'n deidh ort.
Bidh airnean bruit' aig pairt gan cunntas
Is tu 'diultadh caoimhneis ;
'S bidh slaint' as ur, le failte ciuil,
Aig neach 'gheibh lub 'san roinn ort.

—— x ——

AN T-AIREACH MUILEACH.

The Aireach Muileach was a Maclean. He
was, as his name imports, a herdsman, and lived
in Mull.   It is said that he was in the employ of
Maclaine of Lochbui.   He had a clear head and
a sharp tongue, and was a bitter satirist.   A man
named Colin Campbell, An Caimbalach Dubh,
stole some cows from Lochbui. The Aireach
took vengeance upon the thief by composing a
song about him. When Mac Mhaighstir Alasdir
heard the song he composed a reply in praise
of Campbell, and abused the Aireach in it.   This
led to a war of words between them. Whilst the
Aireach was by no means the equal of Mac

Mhaighstir Alasdir in poetic ability, he was more
than a match for him as a cutting, stinging
satirist. Of the Aireach's song on Campbell we
have seen only two verses.

AN CAIMBALACH DUBH.

LEIS AN AIREACH MHUILEACH.

An Caimbalach Dubh a Cinntaile,
Iar-ogh' 'mhortair 's ogh' a mheirlich,
Am Braid-Albinn f huair e 'arach,—
Siol na ceilge 's meirleach a chruidh.
'S odhar ciar an Caimbalach Dubh,
'S oilltail, fiadhich 'amharc 's a chruth,
'S lachdunn, liath-ghlas, dubh; cha n-fhiach e;
'S fear gun mhiadh an Caimbalach Dubh.

Cuiream tuath e, cuiream deas e,
Cuiream siar e, cuiream sear e,
Cuiream fios gu baird gach fearinn,
Gus an caill e 'n craiceann 'na shruth.
'S odhar ciar an Caimbalach Dubh,
'S oilltail, fiadhich 'amharc 's a chruth,
'S lachdunn, liath-ghlas, dubh; cha n-fhiach e;
'S fear gun mhiadh an Caimbalach Dubh.

--- × ---

BEAN A BHARRA.

Mrs. Campbell of Barr, known as Bean a
Bharra, was a daughter of Duncan Campbell,
Donnachadh Dubh Notair, a prominent notary
and conveyancer in Argyleshire. She was well
educated, and, possessed good poetic gifts. We

do not know either the place or date of her birth.
She lived after her marriage, first at Barr in Mor-
vern, and afterwards at Barr in Creignish, where
she died. She was a zealous Hanoverian, and
composed in 1745 a very able song against Prince
Charles. Alasdir Mac Mhaighstir Alasdir com-
posed a song in reply to her, and attacked her in
a very severe and scurrilous manner. She wrote
several hymns, six of which were published in
Duncan Kennedy's collection in 1786. She
seems to have been quite a young woman in 1745.
She was about seventy years of age at the time of
her death. She died before 1786. We have
seen it stated that the song "Tha mo run air a
Ghille," was composed by her; but we are not in
a position to affirm as a fact that it was.

THA MO RUN AIR A GHILLE.

LUINNEAG.

Tha mo run air a ghille,
'S e mo dhurachd gun dig thu;
'S mi gun siubhleadh leat am fireach
Fo shileadh nam fuar-bheann.

Oidhche gheamhridh dhomh 's mi 'm onar,
Nam b' urrinn dhomh dheaninn oran;
'S truagh a righ nach robh mi posd'
Air oigair a chuil dualich.

O, gur h-e mo cheist an t-oigair,
Fear 'chuil duinn 's an leadain bhoidhich;
'S mi gun siubhleadh leat thar m' eolais
Ged tha 'n cota ruadh ort.

'S mor a thug mi 'ghaol do 'n fhiuran
'Tha 'm mach a teaghlach Chill-Iunndinn;

Sealgair f hiadh thu 'm beinn a bhuiridh,
'S eilid luth nan luath chas.

Ged a tha do phocaid aotrom,
Cha do lughdich sud mo ghaol ort ;
'S mi gun siubhleadh leat an saoghal
Nam faodinn do bhuannachd.

Phosinn thu 'dh-aindeoin mo chairdean,
Gun toil m' athar no mo mhathar ;
Iain saor a tha mi 'g aireamh,
Gur h-e 'chnamh a ghruag dhiom.

Tha 'n Nollig a tigh 'nn as ur oirnn ;
Ged a tha gur beag mo shurd rith',
'S am fear nach fagadh 'sa chuil mi
Air chul nan tonn uaine.

'S beag a shaoilinn f hin an uiridh
Gun treigeadh tu mi cho buileach ;
Mar gun tilgeadh craobh a duilleach
Dh' f has thu umam suarach.

—— x ——

ROB DONN.

Rob Donn was born in 1714, at Allt-na-caillich, in Strathmore, in the north-western part of Sutherlandshire, or that part of it known as Duthich Mhic-Aoidh, or Lord Reay's Country. He is generally spoken of as a Mackay. It seems however that he was a Calder. His father was known as Donald Donn. His mother's name was Janet Mackay. He had three brothers, one of whom was named Gilbert. His mother was a very intelligent woman, and took a deep interest in poetry. She knew a large number of poems by heart.

It is said that Rob Donn began to compose verses at the age of three or four. At the age of seven he went to live with John Mackay, Iain Mac Eachinn, a grazier and cattle dealer, who resided at Musal. He remained in Mr. Mackay's service until he got married. His wife, Janet Mackay, was an industrious woman and a good singer. After his marriage he resided, first, at Bad-na-h-achlais, and, next, at Allt Coire Fraisgil on the eastern shore of Loch Erribol. Leaving Allt Coire Fraisgil he went to reside with Lord Reay, chief of the Mackays, for whom he acted as bo-man, or chief cow-keeper. Lord Reay's place of residence was known as Baile-na-Cille. In 1759 Rob Donn enlisted in the first regiment of Sutherland Highlanders, in which he remained until its reduction in 1763. Whilst in the regiment he was not subject to the same discipline as an ordinary soldier. The fact is, that whilst he was nominally a soldier, he was really an officer of high standing, his office being that of Bard of the Regiment. Some time after the death of Donald, Lord Reay, Baile-na-Cille became the residence of Col. Hugh Mackay, son of Iain Mac Eachinn. After giving up the life of a soldier Rob Donn went to live with Col. Mackay, and remained in his service several years. He went then to live on the small farm of Nuybig. He died on the 5th of August, 1778, in the 64th year of his age. His wife died a few months before him. He was interred in the parish burying-ground of Durness. He left at least one son, named Peter, and five daughters. Peter was in the army. He died young. Christy, one of the poet's daughters, was married to Donald Morrison, and had a son named Hugh, who settled about five miles from Brockville in Ontario.

Rob Donn was a man of unquestionable genius. He was one of the ablest poets of the Highlands. He could neither read nor write; but his mind was well cultured. He was really an educated man. He moved in good society, and was well informed. His mind worked with great rapidity. He was noted for his wit. He was an elder in the parish of Durness, and was held in high respect by his minister, the Rev. Murdoch Macdonald. His poems were written down from his own recital by the Rev. Angus Macleod, minister of Rogart, who was the eldest son of Tormaid Ban, the author of Cabarfeidh. They were prepared for publication by the Rev. Mackintosh Mackay, LL. D., in 1829. In the same year a handsome monument was erected to his memory by the Mackays, his mother's clan. It is questionable if there was ever a poet in the Highlands so popular among his own people as Rob Donn.

We look upon Rob Donn as a thoroughly honest man. He had the courage of his convictions. He rebuked without fear wrongdoers of all classes. He was not only a singer but a preacher of manliness, honesty, and purity. He uses very impolite, very improper expressions; at the same time his whole nature was evidently opposed to wrong. He was probably the most sarcastic of all the Gaelic bards. Alasdir Mac Mhaighstir Alasdir could say nasty things about a person, and Duncan Ban could rail and scold, but Rob Donn could cut to the quick and hold up one as a laughing stock to the world. One stanza will suffice to show his keen, cutting style. When the Sutherlandshire Regiment was in Inverness the poet suspected that some of the officers were paying too much attention to a girl of loose morals, named Sally Grant. He rebukes the officers in the following polite but keenly cutting lines :--

" Nan rachadh 'dealbh a chur 'sa bhratich,
Ann an arm an Iarla Chatich,
Bhiomid marbh mun leigteadh as i,
Ged thigeadh neart a Phap oirnn."

Could anything be more ludicrous than a flag
with Sally's picture in it, and the officers and
soldiers of the regiment so devotedly attached to
the flag for the sake of that picture that they
would march against all the forces at the Pope's
command rather than part with it? They would
not follow the flag very far for the sake of their
country, or their religion, but they would follow it
to death for the sake of Sally's picture.

Rob Donn's poems are invaluable for the sake
of the clear manner in which they bring before us
the state of society in Sutherlandshire one hun-
dred and fifty years ago.

MARBHRANN EOGHIN.

LE ROB DONN.

'S tric thu, 'Bhais, 'cur an geill dhuinn
'Bhi sior eigheachd ar cobhrach,
'S tha mi 'm barail mu 's stad thu
Gun doir thu 'm beag is am mor leat.
'S ann mu mheadhon an earrich
'Fhuair sin rabhadh a dh' fhoghnadh.
Le do leum as na cuirtibh
Do na chuil 'sa bheil Eoghan.

O ! is fada, 's cian fada,
Is cian fada gu leoir
O 'n la 'bha thu fo sheac-thinn,
Gun duin' a faicinn do bhroin.

Tha an tim a dol seachad,
'S mur deach a cleachdadh air choir,
Ged nach beo thu ach seachdain,
Dean droch fhasan a leon.

Ach nan creideadh sinn, Aoig, thu,
Cha bhiodh an saoghal s' gar dolladh,
'S nach h-eil aon de shliochd Adhaimh
Air an tamailt leat cromadh.
Tha mi 'faicinn gur fior,
Gur h-ard 's gur iosal do shealladh ;
Thug thu Pelham a mhorachd,
'S fhuair thu Eoghan 'sa Phollidh.

Tha thu tigh'nn air an t-seors' ud
Mu bheil bron dhaoine mora ;
'S tha 'tigh 'nn air a mhuinntir
Mu nach cluinntear 'bhi 'coineadh.
Cha n-fheil aon 'san staid mheadhoin,
'Tha saor fhathast o dhoruinn,
Do nach buin a bhi caithris,
Eadar Pelham is Eoghan.

Tha iad 'tuiteam mu 'n cuairt dhuinn
Mar gum buailt iad le peilair ;
Dean' mid ullamh 's am fuaim so,
Ann ar cluasibh mar fharum.
'Fhir a 's lugha 'measg mhoran,
'M faic thu Eoghan fo ghalar?
'Fhir a 's mo ann sna h-aitean s',
'N cual' thu bas Mhaighstir Pelham ?

Ach a chuideachd mo chridhe
Nach doir an dithis s' oirnn sgathadh?
'S sinn mar choinneal an lanntarn,
'S a da cheann a sior chaitheamh !
Cha robh neach am measg dhaoine
'Bha na b' ils' na mac t' athar s',

'S cha robh aon os a chinn-sa
'Mach o 'n righ 'th' air a chathir.

Sir Henry Pelham, Prime Minister of Britain,
died March 6th, 1754. Marbhrann Eoghin was
composed shortly afterwards. Eoghan lived
alone in a miserable hut at the head of Loch
Erribol. He was sick and apparently dying. He
heard the Elegy as the bard was composing it,
but did not fancy it very much.

—— x ——

ORAN

Air breith Phrionns' Tearlach.

LE IAIN MAC-LACHINN, FEAR CHILLE-BRIDE,

An naidheachd a fhuair sinn an drasd,
A tha 'siubhal le agh san tir,
Chuir i m' airtneal air chairtealan uam,
'S dh' fhag i aigeantach, uallach mi.
Cha bhi sinn fo mhulad na 's mo,
Gu daingeann aig Deors' fo chis ;
Thig sonas ri linn a Phrionns' oig,
'S gheibh gach neach a th' air fogradh sith.

Rugadh Fenics thall ann san Roimh,
Sgeul fior aigeantach, mor, d' ar linn ;
Bidh neart agus ceart mar-ri treoir
Aig gach aon 'sheasas coir an righ.
Theid a chuibhle fhathast mu 'n cuairt,
'S am fear a tha shuas bidh e shios,
'S am fear a tha streapadh an aird
Gheibh seilbh air an ait 'tha ga dhith.

Tha rionnag a bhreithe mar tha
A toirt fios agus faisneachd f hior
Gur mac e 'bhios rathail ri 'la,
A chuir Athir nan gras gu'r dion.
Na thogas na aghidh an lamh
Thig breitheanas araid mu 'n cinn ;
Thig orr' cogadh, is tinneas, is plaigh,
Is faotuinn a bhais 'chion bidh.

'Nuair thig am Prionns' dligheach gu 'ait
Cha bhi dris ann an lar nach crion ;
Bidh tulich 'nan iomairean reidh,
'S fasidh 'n cruithneachd air eudunn shliabh.
Bidh bainn' aig an eallach 's gach ait,
'S mil air bharribh nan srabh gu 'r miann ;
Cha n-fhaicear leinn airceas ri 'r la,
Falbhidh gaillion 's thig blaths nan sion.

Prince Charles was born in Rome, December
31st, 1720. He died January 30th, 1788. Among
the amusements of his last days was that of play-
ing on the bag-pipes.

—— × ——

ALASDIR MAC AONGHUIS.

Alexander Macdonald, Alasdir Mac Aonghuis,
was a son of Macdonald of Achatriachadan in
Glencoe. He was born about the year 1665. He
lived at Tigh-a-phuirt. Although eighty years of
age in 1745, he joined Prince Charles. He did
not however live to return to his native glen. He
died at Dunblane, and was buried there. Some-
one was kind enough to place a tomb-stone over
him. He was married, and had at least one

child, a daughter. He was an excellent poet.
It is a pity that his poems should not be collected
and published. Angus Macdonald, his father,
was probably the Glencoe man that was known
as Aonghus Mac Alasdir Ruaidh.

—— x ——

TORRADH IAIN LUIM.

LE ALASDIR MAC AONGHUIS.

Nuair a chuireadh Iain Lom fo 'n talamh thuirt
Colla na Ceapich ri Alasdir Mac Aonghuis
cluinneamid an nis annas do laimhe. Labhir am
Bard na briathran a leanas: —

Chunna mi crioch air m' fhear-cinnidh,
'Tha 'm pasgadh an nis an Tom-Aingeal.—
Iuchair nam bard, a righ nam filidh,
Gun deanadh Dia sith ri t' anam.

An Righ Mor 'thoirt mathanis dhuit
Airson fhad 's a dhioladh tu an t-olc ;
Tha gaol an leoghinn 's fuath an tuirc
Ann san uaigh 'sa bheil do chorp.

B' fhuath leat Uilleam, b' fhuath leat Mari,
B' fhuath leat na thanic bho Dhiarmad ;
B' fhuath leat gach neach nach biodh rioghail,
'S dh' innseadh tu-fein e gun iarridh.

—— x ——

BROSNACHADH DO NA GAIDHIL 'SA BHLIADHNA 1745.

LE ALASDIR MAC AONGHUIS.

A chlanna nan Gaidheal
Dha 'm b' abhist 'bhi rioghail,
Ho ro togibh an aird,
Is freasd' libh an drasta
Do Thearlach mar dhilsean,
Ho ro togibh an aird.
Seadh freasd' libh dha uile
Gun f huireach, gun righneas,
Na leughibh bhur cunnart,
Ar muinghin tha 'n Criosda ;
Gu stoirmail', acf huinneach,
Le sunnd gu astar oirbh,
Is colg gu tapadh oirbh,
Ho ro togibh an aird.

Ma theid sibh o bhail'
Thugibh thairis bhur n-eolich,
Ho ro togibh an aird,
Bhur clann is bhur mnathan,
Bhur taighean 's bhur storas,
Ho ro togibh an aird.
Gach fear biodh na dhithisd
'N am tighinn gu comh-strith,
Mar chruaidh biodh gach ruighe,
'S gach cridhe mar leoghann.
Gu dana, bagarach,
Gu lamhach, ladarna
Biodh buaidh gach machir leibh
'S gach ait 'an tachir sibh ;
Ho ro togibh an aird.

Na cuireadh fuaim fudir
Bonn curim 'n ur feoil-sa,

Ho ro togibh an aird,
No musgaidean dubh-ghorm
Dad muthidh 'n ur dochas,
Ho ro togibh an aird,
'Nuair theirgeas an fhuaim ud
'S faoin cruadal fir Dheorsa.
Biodh sibhse 'nam bad
Leis a chleachdadh bu nos dhuibh ;
Le 'r claidhean fuileachdach,
Gu laidir, curanta,
Is cha bhi duine dhiu
'Ni moran fuirich ruibh.
Ho ro togibh an aird.

Is mor am fath misnich dhuibh
Dlighe na corach,
Ho ro togibh an aird,
Cha n-agir bhur cogais
Mu 'n chogadhs' ri 'r beo sibh,
Ho ro togibh an aird,
Cha n-ionnan 's bhur naimhdean,
Ged tha iad ro threorach ;
Bidh 'n cogais gan diteadh
'Chionn striochdadh do Dheorsa.
Bidh sibhse bunailteach
Is dileas, furachail,
Fo amhghar fulangach,
'S gun sgath roimh chunnartan,
Ho ro togibh an aird.

Ma chinneas leibh gnothach,
'S gun cothich sibh rioghachd,
Ho ro togibh an aird.
Bhur cliu theid 'feadh 'n domhin
'Measg choimheach is dhilsean,
Ho ro togibh an aird ;
'S bidh agibh ri 'r latha,
Le aighear 's toilinntinn,

Gach ni ann am pailteas,
'S theid airceas air diochuimhn.
Bidh sibh 'nuair choisneas sibh,
Gun char, gun dochaireachd,
Ach laisde sochaireach.
Ho ro togibh an aird.

'Nuair theid ar righ 'chrunadh
An duthich a shinnsir,
Ho ro togibh an aird.
Gheibh moran dibh ait,
'S cha bhi cairdean air diobairt,
Ho ro togibh an aird,
Bidh maithean nan Gaidheal
Mar 's aill leo gu dilinn,
'S an islean 'san uaislean
Gun bhruaillean, gun mhiothlachd,
An socair shuidhichte,
'S a ghna 'toirt buidheachis
Is gloir do 'n Chruthadair,
A dh' ordich siubhal dhaibh.
Ho ro togibh an aird.

Ge b' e a ni fhaicinn,
Thig 'n ceartas an uachdar,
Ho ro togibh an aird.
Bidh 'n eaglis 's an stata
Mar bhraithrean gun bhruaillean,
Ho ro togibh an aird.
'Nuair 'ghlaodhas iad siochaint
'S gach rioghachd mu 'n cuairt duibh,
Bidh Prionnsa na Criosdachd
'S gach ni 'toirt dhuibh fuasglidh.
Bidh miagh air eaglisean,
Is sunnd air teagaig annt,
'S gach ceird a leasachadh,
Is sluagh gun easbhuidh orr',
Ho ro togibh an aird.

'Nis siubhlibh le beannachd,
Gun mhaille, gun ghruaman,
Ho ro togibh an aird,
Is nochdibh 's gach aite
Gur Gaidhil 'tha 'gluasad,
Ho ro togibh an aird.
Nochdibh bhur spionnadh,
Bhur neart is bhur cruadal ;
Gach aon neach a chasas ruibh
Grad thugibh buaidh air,
Biodh fios aig fir Shasuinn
Nach tais ann san ruaig sibh,
Is fagibh 'sna claisean
Gach fear diu a bhuaileas ;
Ho ro togibh an aird.

—— x ——

ORAN AIR TEACHD PHRIONNS' TEARLACH.

LE NIGHINN MHIC AONGHUIS OIG.

Angus, tenth Macdonald of Keppoch, was killed in the fight of Stron-a-Chlachain in 1640. He left a son, who was known as Aonghus Og. The authoress of the following poem was a daughter of the son of Aonghus Og.

———

'N ulidh phrisail 'bha bhuainne,
'S ann a fhuair sinn an drasd i ;
Gum b' i sud an leug bhuadhach
'Ga ceangal suas leis na grasan.
Ged leig Dia greis air adhart
Do 'n mhuic 'bhi 'cladhach 'at aite,

'Nis bhon thionndaidh a chuibhle
Theid gach traoitear fo 'r sailtean.

Slan do 'n t-saor 'rinn am bata
A thug sabhailt' gu tir thu ;
Slan do 'n iul-fhear neo chearbach
'Thug thar fairge gun dith thu.
Gum b' e sud am preas toridh
'Thug an sonas do 'n rioghachd ;
'S lionmhor laoch 'thig fo d' chaismeachd,
'Bheir air Sasunnich striochdadh.

Slan do 'n uachdaran ghasda
'Dh' fhalbh bho 'n Cheapich Di-haoine ;
'Rinn an cruinneachadh rioghail,
'Chuir fo fhiamh iad le maoidheadh.
Bha da Dhomhnall ri d' shlinnein,
'S do chuid gillean cha b' fhaoin iad,
'H-uile h-aon deas gu bualadh,
'S cha robh bhuath' ach an saothair.

'Ursainn-chatha a chruadail,
'Thug do dhualchas bho t' athir,
Dia 'gad chumail an uachdar
'Chosnadh buaidh anns gach latha.
'H-uile fear 'theid gu d' chomhnadh
Ge b' ann le comhrag a chlaidhibh,
Gun robh Prionnsa na gloir' leis
'Chur righ Deors' as a chathir.

'Thighearn' oig o bhun Airceig,
'S ceannard feachd' thu nach geilleadh ;
Thu-fhein 's triath fir a Bhraghad
Chuir bhur nadar ri 'cheile.
Da chraoibh-chosgir a chruadail
Air thus sluaigh a rinn eirigh ;
'S aig a bhail' agus uaith'
Bhur neart an guaillibh a cheile.

Thig dream fogainteach, fearail,
A Gleann-Garadh 's a Cnoideart,
Fo 'n cinn-fheadhna nach tilleadh
'S nach gabhadh giorag roimh chomhrag,
Gu borb, armailteach, lionmhor
A dol sios ann sa chomhail ;
'S mairg a tharladh fo 'r buillibh,
'Shil nan curaidhnean coire.

A Shir Alasdir uasil,
Nach grad ghluais thu air t' aghidh ;
Leam a 's fada tha t' fhuireach,
Gun bhi air thuras 'nan deaghidh,
Le do bhratichean lionmhor ;—
'S iomad ciad 'th' ann at fhaghid ;
On bu dual dhuit bhi fuileach
Leig do chuilein air adhart.

Tha do chinneadh fo mhulad
A thaobh t' fhuirich 'san uair so,
On 's ann uileann ri uilinn
'Bu mhath gach spionnadh gu cruadal.
Ciod a chuis tha fo 'n chruinne,
Ris an cuireadh sibh guallann,
Nach biodh sibh 'n ur n-urrinn
A clach mhullich a bhuannachd ?

A Chlann-Ghriogair a chruadail,
On bu dual dhuibh 'bhi tapidh,
Chaidh ur diteadh 's ur ruagadh
Le luchd-fuatha gun cheartas ;
So an t am dhuibh bhi 'dusgadh
'Thoirt bhur duthchis fhein dhachidh ;
'S ged is fad on tha chuing oirbh,
Theid na Duibhnich fo 'r casibh.

'Nuair 'theid gach cinneadh ri 'cheile
Eadar Sleite 's a Cheapach,

Eadar Uibhist is Muideart,
'S Mac-Iain-Siubhart na h-Apunn,
'S gach dream eile do 'm b' abhist
'Bhi a ghnath leis a cheartas,
Ged nach digeadh na Duibhnich,
'S beag ar suim de na phac' ud.

Sgrios le claidheabh gun dearmad
Air gach cealgadair breige,
'Tha o dhuine gu duine
A cur bun ann san eucoir.
'Nis on thanic an rionnag
Teannibh uile ri 'cheile ;
'S leibh clach mhullich a chabhsair
Anns gach aite do 'n deid sibh.

Bha an Seanailear gorach
Tigh 'nn a chomhrag 'n ur n-aghidh ;
'S teann nach islich e shron
Ged thig e sporsail air adhart.
Ach nan cumadh e comhail,
Mar bha ordagh a chladhair',
Gum bu lionmhor fear casaig
Gun cheann, gun chasan, gun fhradharc.

Deanibh cruadal le misnich,
'S ann an nis a tha 'n t-am ann ;
Bho na thanic an solus
'Thogas onair na h-Alba.
Fhir a sgaoil a Mhuir Ruadh
'S a thug do shluagh troimpe sabhailt',
Bi mar gheard air a Phrionnsa,
Air a chuirt, 's air a phairtidh.

————

Craobh-chosgir, a laurel, a trophy.

CUMHA AONGHUIS OIG GHLINNE-GARADH.

LE BEAN ACHADH-UAINE.

FONN.—*Gaoir nam ban Muileach.*

O ! gur muladach oirnne
Mar a thachir do 'n Choirneal,
Sar cheann-feadhna Chloinn-Domhnill
Ri am catha no combraig.—
'S mairg a chitheadh t' fhuil bhoidheach
'S i a taosgadh mu d' bhrogan,
Is a taomadh gun ordagh air cabhsair.

Aonghuis oig a chuil dualich,
'S ro-mhath 'dh' eireadh gach buaidh leat ;
Gus 'n do chuir iad san uaigh thu
Gun robh Tearlach an uachdar ;
Bha do bhuillean cho cruaidh leis
'S nach robh tilleadh da uair ac',
Air mo laimh gur tu 'bhuaileadh 'n adbhannsa.

Aonghuis Oig a chuil channich,
Is nan calbannan geala,
Is an t-slios mar an eala,
No la greine gun smalan,
Tha do cheil' air a sgaradh,
O 'n la 'chuir iad thu 's talamh ;
O 'n la dh' fhag thu i b' ainneamh a gaire.

Nan d' fhuaradh leat laithean,
Cait at robh e, mac mathar,
Ris nach seasadh tu aite,
'Dhol a dh' iarridh na h-araich,
Is a bhualadh an namhid ?
Le do chlaidhibh geur stailinn
Bhiodh luchd-chotichean madir dheth caillte.

'Nuair a rachadh tu 't eideadh
Fo bhreacan an fheilidh,
Thigeadh claidheabh fo d' sgeith ort,
Cuilbheir caol air dheagh ghleusadh :
Air mo laimh bu mhor t' fheum leo,
'Dhol an aghidh nan ceudan,
'S bhiodh fir Shasuinn ag eigheach na h-ainneirt.

'N uair a thogteadh leat bratach,
Bhiodh lamh-dhearg leat is bradan,
'S fraoch dubh-ghorm na ghagain
Aig fir ura gun taise
Nach gabh curam no gealtachd
As na trupairean fhaicinn ;
Gheibhteadh cunnradh de chlaigeannan gearrte.

Cuis 'bu mhath le Righ Deorsa
O 'n la 'dh' inntrig thu 'n tos leo,
Thu bhi 'dhith air do sheorsa.—
Dh' fhalbh iad uile mar cheo uait,
O 'n la 'chuir iad fo 'n fhoid thu,
Cha d' fhan dithisd dhiu 'n ordagh ;—
Och, mo chreach, nach bu bheo gus an drasd thu.

Cha bhitheadh Diuc Uilleam
Cho trom oirnn 's cha b' urrinn,
On 's tu 'sheasadh gach cunnart
Is a bhuaileadh na buillean.—
Nan do dh-fhuirich an gunna
Gun do bhualadh o 'n uinneig'
Gun robh Tearlach an Lunninn roimh 'n am so.

Dhomhsa b' ainneamh ri 'fhaotuinn
Fear a dh' innseadh dhomh t' aogas ;
Da ghruaidh dheirg mar an caorunn
O thus barrich gun fhraoch ort,
Suil chorrach 'at aodunn,
Beul tairis 's e faoilidh :—
Och nan och ! tha do dhaoine dheth caillte.

Chraobh a b' airde fo 'n adhar'
'Si fo bhlath, chaidh a chrathadh ;
Rinn an luaidhe do sgathadh,
'S thug sud uaitsa do labhirt ;
Beirt 'bu chruaidhe le t' athir
Thu bhi uaithe gun fhaighinn ;
Och, mo thruaigh' ! tha do cheathairn' ga t'
    ionndrinn.

Dheagh Mhic Alasdir Mhor-thir,
Ghlinne-Garadh is Chnoideart,
Fhuair thu n staoil ud as t' oige,
'S b' airidh air ri do bheo thu.—
Olc air mhath le Righ Deorsa
Is le Uilleam mar chomhla
Thig t' oighre dhachidh le solas o bhealltinn.

Cha n-fhaod sinne 'bhi 'g acain,
Dubhach bronach, lan airtneil,
Ma thig Alasdir dhachidh
As a phriosan 'tha 'n Sasunn,
O 'n Tor-uain' as na glasibh,
'Thoirt d' ar cridheachan aitis,
On tha'n saoghal so cleachdadh na h-ainneirt.

————

Alasdir Dubh of Glengarry died in 1724. He was succeeded by John, his eldest surviving son. John had four sons, Alexander, Angus, James and Charles. Alexander, his heir, was captured in 1745 whilst on his way from France, and imprisoned in the Tower of London, where he was detained until after the Battle of Culloden. Angus was Colonel of the Glengarry Regiment under Prince Charles. He was killed accidentally on the day after the Battle of Falkirk.

IAIN RUADH STIUBHART.

John Roy Stewart was born in Kincardine, on the River Spey, in Inverness-shire. He was a descendant of the ancient Barons of that district. His father was a tacksman, and in comfortable circumstances. He received a good education. He belonged to the Roman Catholic Church. He served for some time in the French Army. He joined Prince Charles at Perth in 1745. He was then in the prime of life. He was a born soldier. He was strong, active, courageous, chivalrous, and venturesome. He raised a body of about four hundred men in Edinburgh for the Prince. He held the rank of Colonel, and was commander of the Prince's body-guard. He defeated, single-handed, an English officer and five soldiers, at Innis-Croi, in July, 1745. He killed four of the six, and pursued the remaining two until his horse got stuck in a boggy place. He escaped to France in the same vessel with Prince Charles, in September, 1746. He died in France. He was a man of real genius, and a good poet.

LATHA CHUIL-FHODIR.

LE IAIN RUADH STIUBHART.

O ! gur mis' 'th' air mo chradh,
Thuit mo chridhe gu lar,
Is tric snighe gu m' shail o m' leirsinn.
    O ! gur mis', &c.

Dh'fhalbh gach toileachadh bhuam,
Sheac le mulad mo ghruaidh,
Is nach cluinn mi 'san uair sgeul eibhinn.

Mu Phrionns' Tearlach mo ruin,
Oighre dligheach a chruin,
'S e gun fhios ciod an tubh a theid e.

Sar fhuil rioghail nam buadh
Tha ga diobirt 'san uair s',
'S a chlann diolain a suas ag eirigh.

Siol nan cuilain gun bhaigh,
Dha 'm math 'chinnich an t-al,
Chuir iad sinn' ann an cas na h-eiginn.

Cha b' e 'n cruadal mar laoich
'Thug dhaibh buaidh air an fhraoch,
Ach gach tubist a dh' aom mu 'r trein-ne.

Bha iad iomadidh bhuainn
De gach fine mu thuath,
Fir nach tilleadh ri uair an fheuma.

Feachd choig bratichean sroil
'Bu mhath 'chuireadh an lo,
Bha gar dith ann sa chomhail chreuchdich ;

Iarla Chromba le 'shlogh,
Agus Barasdal og,
Is Mac-Fhionghain le sheoid nach geilleadh ;

Clann-Ghriogair nan gleann,
Buidheann ghiobach nan lann,
Fir a thigeadh an nall nan eight' iad ;

Is Clann-Mhuirich nam buadh ;—
Iadsan uile bha uainn,
'S e sin m' iomadan truagh ri 'leughadh.

A Chlann-Domhnuill mo ghraidh,
Leam is cruaidh mar a bha,
Nach do bhruchd sibh le cach do 'n teugbhail.

Tus an latha dol sios
Bha gaoth a cathadh nan sian ;
As an adhar bha trian ar leiridh.

Dh' fhas an talamh cho trom,
Gach fraoch, fearann, is fonn
'S nach bu chothrom dhuinn lom an t-sleibhe.

Bha lasir theine nan Gall
A frasadh pheilair mu 'r ceann ;
Mhill sud eireachdas lann 's bu bheud e.

Ma 's fior an seanachas a bh' ann,
Gun robh Achan 'sa champ',
Dearg mheirleach nan raud 's nam breugan.

B' e sin an seanalair mor,
Grain is mallachd an t-sloigh ;
Reic e 'onair 's a choir le eucoir.

'S ann a thionndaidh e chleoc'
Airson an sporain 'bha mor ;
'S rinn sud dolidh do sheoid righ Seumas.

Mo chreach uile 's mo bhron
Na fir ghasd' 'tha fo leon,
Deagh Chlann-Chatain nan srol 's nan geur·
    lann ;

Is Clann-Fhionnlaidh Bhraigh'-Mhar,
Buidheann cheannsgalach, ard,
'Dheanadh sgathadh am blar namc reuchdan.

Buidheann eile, mo chreach,
Fhuair an laimhseachadh goirt ;
Sluagh an Fhisealich ghasda, threubhich.

Bu laoich uaibhreach gun mheang,
'Sheasadh cruadal 'sa champ',
'Chaidh a bhualadh an am na teugbhail.

Chaill sin Domhnull donn suairc'
O Dhun-Chromba so shuas,
Mar-ri Alasdir ruadh na feile.

Chaill sinn Raibeart an aigh,
'S cha b' e 'ghealtachd a ghnaths
Am measg chaigneachadh lann is bheigneid.

Thuit na rionnagan gasd'
'Bu mhath aluinn an dreach,
'S cha bu phaigheadh leinn mairt nan eirig.

Ach thig a chuibhle mu' n cuairt,
Car o dheas no o thualh,
'S gheibh ar n-eascairdean duais an eucoir'.

Gum bi Uilleam, mac Dheors',
Mar chraoibh gun sheargte fo leon,
Gun fhreumh, gun duilleach, gun mheoir-
    ean geige.

Gu ma lom 'bhios do leac,
Gun bhean, gun bhrathair, gun mhac,
Gun fhuaim clarsich, gun lasir cheire.

Gun solas, sonas, no seanns,
Ach dolas dona mu d' cheann,
Mar 'bh' air ginealach clann na h-Eiphait.

Chi sinn fhathasd do cheann
A dol gun athadh ri crann,
'S eoin an adhir gu teann ga reubadh.

Is bidh sinn uile fa-dheoidh,
Araon sean agus og,
Do 'n righ dhligheach da 'n coir a geilleadh.

———

The Battle of Culloden was fought on Wednes-
day, April 16th, 1746. It began about 1 o'clock
p. m., and lasted only about forty minutes.

William, Duke of Cumberland, was born April 15th, 1721. He died October 31st, 1765. He was never married.

The insinuation that Lord George Murray acted the part of a traitor is utterly groundless. Lord George was an able commander, and was thoroughly faithful to Prince Charles. The probability is that if his advice had been taken the Prince had not lost the Battle of Culloden. He died in Holland in 1760.

—— x ——

DUGHALL RUADH CAMARAN.

Dugald Roy Cameron was a native of Lochaber. He suffered some grievous wrong at the hands of an officer named Grant. According to one account, Grant turned his wife and children out in the snow and set fire to his house. According to another account, Grant bound Dugald's son to a tree, and shot him. Both accounts may be true. Grant generally rode a white horse. According to one account, Captain George Munro of Culcairn, borrowed Grant's horse on Sunday, August 31st, 1746. According to another account, which we take for granted is the correct one, Grant, dreading the consequences of his cruelty, exchanged horses on that day with Captain Munro. Whilst Munro was passing along the shores of Locharkaig, Dugald Roy, mistaking him for Grant, fired at him and killed him. Captain Munro was a brother of Sir Robert Munro, who commanded the Black Watch at Fontenoy, and who was killed in the Battle of Falkirk. He was a good man, and was highly respected. The spot at which he fell is still known as Bruach Chulchairn. Dugald Roy was never arrested. He enlisted, in course of time, in the British Army. It is said that he fought in America in the war between the British and the French.

THA MO LEABA SAN FHRAOCH.

LE DUGHALL RUADH CAMARAN.

Tha mo leaba 'san fhraoch
Fo shileadh nan craobh,
'S ged a tha mi 'sa choill
Cha do thoill mi na taoid.

Tha mo leab' air an lar,
'S tha mo bhreacan gun sgail,
'S cha d'fhuair mi lochd cadil
Bho na spad mi Culcharn.

Tha mo dhuil ann an Dia
Ged a dhiobair Loch-Iall,
'Fhaicinn fhathast na choirneal
'N Inbhir-Lochidh so shios.

Bha thu dileas dha 'n Phrionns'
Is d'a shinnsreadh bho thus ;
'S ged nach dug tha dha t'fhacal
Bha thu ceart air a chul.

Cha b' ionnan 's Mac-Leoid,
A tha 'n drasd aig Righ Deors',
'Na fhogarach soilleir
Fo choire 'n da chleoc.

A Mhic-Dhomhnill gun sgoinn
'S ann a chomhdich thu 'n fhoill ;
Ged a gheall thu bhi dileas
'S ann a dhiobir thu 'n greim.

Tha ball-dubh ort 'san t-sroin
A's misd' thu ri d' bheo ;
'S cha n-fhearr thu na 'm baigeir
'S a bhata 'na dhorn.

Cha b' ionnan 's an laoch
Bho Cheapich nan craobh,
'Chaidh 'sios le 'chuid ghaisgeach,
'S nach robh tais air an raon.

Na fir acf huinneach chruaidh
Bho Spiathain 's bho Ruaidh
Chaidh 'sios fo 'n cheann-feachda
'B' fhearr a bh'ac' 'san taobh tuath.

'S cha b' e caigneachadh lann
'Chuireadh bristeadh nan rang,
Ach frasan nam peileir
'Tigh'nn bho theine nan Gall.

Ach 'n uair thig am Prionns' Og,
Is na Frangich ga choir,
Theid sgapadh gun taing
Ann an campa Righ Deors'.

Theid Diuc Uilleam a cuirt,
Theid a thilgeadh air dun,
'S cha n-eighear gu brath air
Na 's airde na 'n cu.

'S ged tha mis' ann am froig
Tha 'm botul 'am dhorn,
'S gun ol mi 's cha n-aicheidh
Deoch-slaint' a Phrionns' oig.

—— × ——

AN TAILLEAR MAC-ALASDIR.

John Cameron, known as An Taillear Mac
Alasdir, lived in Dochanassie in Lochaber. He
was a tailor by trade. It is said that he was bard
to Alexander Macdonald of Keppoch. Some of
his descendants came to Cape Breton.

MARBHRANN

Do Dhomhnull Mac Raonuill Mhoir, Fear Thir-na-Drise.

LEIS AN TAILLEAR MAC ALASDIR.

'S e 'mheudich m' airtneal gu geur
Is campar caisteal mo chleibh,
A chainnt' a bh' aca an de ag ol,

Mu 'n fhiuran sgiobalta gharg
'Bu mhath misneach is dealbh ;
Bu neo-ghliogach fo t' arm thu 'sheoid,

Mu 'n leoghann chrios-gheal gun sgath
'Bha 'n Tir-na-Drise 'na thamh ;
Is mor am bristeadh do bhas thigh'nn oirnn.

Bu tu 'n curidh gun sgath
'Dhol an cunnart nam blar ;
Bhiodh airm ghuineach 'ad laimh, f hir oig.

Bhiodh lann thana, gheur, ur
'S i gun smal oirr' o'n bhuth,
'Gearradh chlaignean is smuis is feol'.

Is cha b'e 'n t-iasad a bh' ann
Ach fuil nan righrean o'n Spainn
Dha 'm bu lionmhor sgiath 's ceann-bheirt oir.

'S e 'mheudich m' airtneal 's mo ghruaim
Na cinn-fheachd' a dh-fhalbh bhuainn,
Na fir ghasda 'bu chruaidh 'san toir.

B' ann diu Alasdir treun
Bho Cheapich nam peur ;
Bha e barricht' thar cheudan sloigh.

Siol nan Colla 'bha treun,
'Stiuireadh luingeas fo bhreid ;
'S ard a shloinninn thu 'n ceum na dho.

Lean thu 'n duthchas bu dual,
'Dhol gu dluth ann san ruaig,
Bho 'n t-sliochd chliuitich le 'n gluaisteadh srol

'S ann 'ad theaghlach nach crion
Chluinnteadh ghleadhrich nam pios ;
Bhiodh fir mhor' ann 'cur strith ag ol ;

Ag eisdeachd eachdridh nam bard,
Agus caismeachd luchd-dain,
Gur h-e 'chleachd thu 'bhi 'd laimh an t-or.

————

Donald Macdonald was the eldest son of
Raonall Mor Thir-na-Drise, who was the second
son of Gilleasbig na Ceapich.   He was a Major
in Prince Charles's army.   He was taken prisoner
by accident at the Battle of Prestonpans, Sliabh
a Chlamhain, January 17th, 1746.   He was be-
headed at Carlisle on the 18th of the following
October.   His head was stuck on one of the gates
of the city, where the barbarism of the age allow-
ed it to remain several years.

Alexander Macdonald of Keppoch was the
eldest son of Coll of Keppoch, who was the
eldest son of Gilleasbig na Ceapich.   He was a
brave and chivalrous man.   He fought and fell
like a hero at the Battle of Culloden, April 16th,
1746.   Donald, his only brother, was killed in
the same battle.   The Macdonalds, as a whole,
won no credit for themselves at Culloden.   The
conduct of the chief of Keppoch was a brilliant
exception.

———— x ————

CUMHA

Do Dhomhnull Ban Lochiall a chaochail 'san Fhraing 'sa bhliadhna, 1748.

LEIS AN TAILLEAR MAC ALASDIR.

A cheud latha 'n bhliadhn' uir
Ni mi labhirt an tus
Air Sir Domhnull nan curs-each gorm.
   A cheud latha, &c.

Fhuaras sgeula do bhais :
Sud an sgeul 'rinn mo chradh ;
'S lionmhor fear air an d' f hag e deoir.

An t-og misneachail treun
Dh'an robh gliocas le ceill,
Chualas cinnteach gun d' eug 's nach beo.

An t-og uasal b' f hearr beachd,
Sar mharcach nan each,
'S tu gun dioladh gu pailt an t-or.

Leat a dh' eireadh an sgriob
Da thaobh Lochidh so shios,
Fir a chladich gu d' dhion mu'n chro.

Thig mu d' bhiatich gu dian
Fir Loch-Airceig 's Lochiall,
'S thig bho 'n Mhorairne ciad no dho.

Thig fir Nimheis nan laogh,
'S Dhoch-an-f hasidh nan craobh,
Agus fir Ghlinne-Laoigh 's an t-Sroin.

Thig bho 'n Bhraighe so shuas,
Bho Spiathain 's bho Ruaidh,
Na fir reachdmhor a bhuaileadh stroic.

Fo 'n cheann-feadhna nach b' fhann
Dh' eireadh gaisgich nan lann ;
Bhiodh iad leat anns gach am 'sa choir.

'S leat na h-Abrich gu leir
'N am dhuit togail gu feum,
Le 'n airm aisnich 's le 'n geur loinn ghorm.

Le an claidheannan cuil
Gan iomairt gu dluth,
'Ghearradh claignean le luths nan dorn.

'S mairg a nochdadh riut strith
'N taobhs' a dh' armailt an righ,
'Nuair a thogteadh leat piob 's breid sroil.

Thu air toiseach do shluaigh,
'S toirm feadain 'nan cluais,
'S mairg namhid a bhuaileadh oirbh.

Cha n-fheil an t-achd so ach cruaidh,
'N deidh na breacain thoirt bhuainn,
Chuir sinn briogaisean 'suas de'n chloth.

Gun seol an Righ Mor thu 'n nall,
Thu 'thigh'nn thuginn gun dail ;
'S mi gun oladh deoch slaint' 'Phrionns' oig.

———————

Donald, of Lochiel was a man of noble and
chivalrous character.   He took a prominent part
in the rebellion of 1745.   He died at Borgue in
France, on the 26th of October, 1748.

——— x ———

ORAN DO'N DOTAIR CHAMARAN.

LEIS AN TAILLEAR MAC ALASDIR.

An raoir bhruadir mi 'm chadal,
'S b' fhearr gum faicinn e 'm dhusgadh,
Gun robh thus', a Ghilleasbig,
Air tigh 'nn a sheasamh do dhuthcha.
Ach 'nuair 'dhuisg mi 'sa mhaduinn
A faoin bhruadar a chadil
Cha d' fhuaras tu agam,
B' fhada, b' fhada bho t' uir thu.

B' fhada, b' fhada bho t' uir thu ;
B' e do dhuthchas Cill-Mhailidh.
Thug na biastan ort ionnsidh
'Mach a tur Ionar-Snathaid.
Thug iad leo air dhroch ghiulan
Mac an athar 'bu chliuitich',
Craobh de 'n abhall nach lubadh.
Laoch gun churam 'sna blaribh.

Gur h-e sud a chuir as duibh,
Meud bhur braisid 's gach aite ;
An am togail 'nam bratach
'S sibh a rachadh 'sna blaribh.
Gum bu tric a dol dachidh,
Air dhroch cunntas gu 'n aitribh,
Luchd nan cadaran-daise
Is nan casagan madir.

'S iomadh buaidh nach robh suarach
A bha fuaighte ri d' nadar ;
Bha thu 'shiol nan daoin' uasal
A bha shuas ann sa Bhraighe ;
'Thig bho Ghiusich nam badan
Is bho Lochidh nam bradan,
Bho Ghleann-Laoigh 's bho Lobh-Airceig;
'S Torra-Chaisteil b' e t' ait e,

B' e mo cheist an t-og suairc'
'Bu bhoidhche gruaidh agus mala ;
Na sul' guirm 'bu ghlan lainnir
Mar dhriuchd air bharribh a bharrich.
'Dh-aindeoin Uilleim 's a shinnsridh
B' ann de dh-onair an righ thu,
Ged chuir na biastan gu dith thu,
'Chuir umad lion nach bu mhath leinn.

Chuir umad lion nach bu mhath leinn.—
'S daor a cheannich thu 'm Prionnsa.
Cha b' i 'n fhoill a bh air t' aire
'N uair a thanic thu Mhuideart ;
Ach seasamh gu fearail,
Mar bu dual dhuit o d' sheanair,
'Choisinn buaidh dha na fearibh
'Tha 'n diugh tana ri 'n cunntas.

'Tha 'n diugh tana ri 'n cunntas.—
Tha do dhuthich 'na fasach ;
'Chuid a dh' fhuirich de d' mhuinntir
Tha aig Mungo fo 'raidhe.
Gar am beo mi ach bliadhna,
'S aon achanich 'dh' iarrinn,—
Guidheam sgrios air na biastan,
Is Lochiall 'thigh' nn gu 'aite.

Raidh or raidhe, threat, decision, authority.

Dr. Archibald Cameron was the fourth son of
John Cameron of Lochiel. He was born in 1707.
He took part in the rising of 1745. He escaped
to France with Prince Charles in 1746. He
visited Scotland in 1753. He was taken prisoner
Monday, March 26th, at the house of Stewart of
Glenbuckie, by a party of soldiers from Inver-
snaid. He was executed at Tyburn, near London,
on the 7th of June.

,Dr. Cameron married Jean, daughter of Archibald Cameron of Dungallan, by whom he had John, Donald, Margaret, and others. His execution in 1753, for fighting for Prince Charles in 1746, was a cruel and disgraceful act. Surely the butcheries of the Duke of Cumberland might have satisfied the Hanoverian party.

—— x ——

IAIN MAC THEARLICH OIG.

Charles, first Maclean of Inverscadel, was a son of Maclean of Ardgour. Charles, fifth of Iverscadel, Tearlach Og mac Ailain, mhic Eoghin, mhich Ailain, mhic Thearlich, was married twice. By his first wife, a daughter of Donald Cameron, he had Allan, sixth of Inverscadel. By his second wife, a daughter of Archibald Maclean of Ardtun, he had John.

John Maclean, Iain mac Thearlich Oig, was the author of several songs. He lived at first in Ardgour. He left Ardgour and went to reside in Mull, at a place called Sorn. He married Mary, daughter of Allan Maclean of Ardgour, by his wife Anne, daughter of Sir Ewen Cameron of Lochiel. He had one son, Allan, who, in 1760, came, by the death of a relative, into possession of an estate in Jamaica.

IS ANN LEAM NACH H-'EIL TLACHDMHOR.

LE IAIN MAC THEARLICH OIG, FEAR IONAR-SGATHADAIL.

Is ann leam nach h-'eil tlachdmhor
An t-achd a rinn Deorsa,
'Thug ar n-airm bhuainn 's ar n-aodach
A bha daonnan 'g ar comhdach;

13

'N aite breacain an fheilidh
As 'm bu ghleusda fir oga,
Gun ach brigis is casag,
Agus bata 'n ar dornibh.

Cha b' e cadal 'san smur
'S an d' chuir mi uidh an tus m' oige,
Ach eirigh gu sunndach
Air an druchd 's breith air mor-ghath.
Bhiodh a choill air gach laimh dhomh
'Cur deagh fhaileadh 'am phoribh,
'S mi 'direadh nan creachann,—
'S tric a leag mi 'n damh croic' ann.

'S 'n uair a thigeadh an damhir
Cha b' i 'chlarsach 'bu cheol domh,
Ach buirich nan lan damh
Ann an aird nam beann mora.
Bhiodh ar mialchoin 's ar gadhair
A cur faghaid an Conaghleann ;
Bu tric adh is damh cabrach
Mu na h-aisridhean gorma.

Chluinnteadh cuach ann ad choille,
'S bu bhinn a ghoireadh an smudan ;
A toirt teistinis laidir
Mar bha nadar gan stiuradh.
Gheibhteadh liath-chearc 'san doire,
Is bu toil leam a ciuchran,
Is a coileach mu 'coinnimh
Air toman a durdail.

Gheibhteadh broc ann is taghan,
Capull-coille 's boc earba ;
'S bhiodh am bradan gle lionmhor
Air na linntichean garbha,
'Snamh air buinne strath fior uisg',
'S e gu h-inntinneach, tarragheal,

Is gu crom-ghobach, ullamh,
'Leum ri cuileig 'san anmoch.

Och, 's e 'dh' fhag mi mar Oisain,
Is mar choltas maol-ciarain,
'Dh' fhag mo chridh' air a dhochnadh
Is mo dhosan air liathadh,
'Bhi gun ghiubhsich ri choiseachd,
Is am fochair an fhiadhich,
'S gun de dh-airm chum mo chosnidh
Ach corcag bheag iaruinn,

Ann an aite na daga
A chlaidhibh 's na sgeithe,
Is a chuilbheir chaoil ghlaice
'Chuireadh stad air mac eilde ;
Is nach cluinn mi guth aca
De dh-eachdridh, no sgeulachd,
Ach cuibhlichean 's factori,
Beairtean Is Beurla.

Cha n-fheil iomradh air dualchas,
No air cruadal no tapadh ;
Chuir a chuibheall mu 'n cuairt d' i
Car tuathal is tarsuinn ;
Sliochd nam bodachan giugach,
'Bha 'sna dunibh gan cartadh,
'Seoladh ard os ar cionn-ne
Bhon a thionndaidh a chairt oirnn.

O, marbhphaisg ort, a shaoghail,
Tha thu caochlaideach, cealgach ;
Bha mi uair nach do shaoil leam
Teachd as aogis a gharbhlich.
Mis' a chleachd 'bhi 'n Airdghobar,
'M bu tric gleadhar bhoc earba,
Tha an diugh an Sorn odhar
Air todhar a mheanbh-chruidh.

ORAN

*Do Dhonnachadh Mac-Aonghuis, da 'm bu cho-
ainm Donnachadh na Beurla.*

LE IAIN MAC THEARLICH OIG, FEAR IONAR-SGATHADAIL.

Cha n-e goirteas mo shroine,
Ged tha doruinn na mullach,
A chuir m' aigneadh cho bronach,
Is mo chomhradh fo mhulad ;
Ach sar oigear na Beurla,
Air gach feill a fhuair urram,
'N deidh a bhristeadh le beisdean
'S tric 'bha 'geimnich am Muile.

Ruigidh bristeadh a chaiptin
Cluasan claisteachd a Phrionnsa,
'M fear a fhreasdil 'na airc e,
'S cha bu tais e mar dhiunlaoch.
'Nuair a theich na bha aige
Is a sgap iad gach aon taobh,
Sin 'n uair mhearsail an gaisgeach
Le 'fhir ghasda g' a ionnsidh.

Tha thu 'shliochd nam fear gasda
A bha 'n slachdrich Cath Ghairbhich ;
A rinn tiomnadh gun taise
Agus gaisge le 'n armibh,
'N uair a thog iad corp Eachinn
Bho chasan an naimhdean,
Air an tuaghannibh sgaiteach
Gu 'thoirt dachidh troimh 'n Ghalldachd.

'N uair a spreigteadh piob mhor leat,
'S tu 'cur 'n ordagh do bhratich,
Bhiodh tu 'togradh gu comhrag,
'Dhol an comhail nam marcach.

'N uair a ruisgeadh tu 'n spolta,
Nach robh lodail r'a faicinn,
Cha bu shlachdan aig oinnsich
Claidheabh mor aig a ghaisgeach.

'S math thig boineid le fabhar
Mu d' chul fainneach donn socir,
'Dol an coinnimh do namhid,
Air each ard na sar-choiseachd.
Cha b' e fuath Mhic-a-Mhaillidh
Fear do ghnath is do choltais ;
An am suidhe 's taigh-thairne
'S tu gum paigheadh na botuil.

Nam biodh Uilleam, an Diuca,
'S tus an tus a chruaidh thoitail,
'Deanamh casgirt le 'r luth-chleas
'S tus' a bhuidhneadh an trod ud.
Nan d' fhuair thu g' a ionnsidh
Le d' chlaidheabh cuil an ceann socir,
Gun robh Uilleam le d' shugradh
'Call a luth an Cuil-fhodair.

Sud na h-airm dhuit a thaghinn,
'Dhol air t' aghidh gu meanmnach,
Gunna, sgiath, agus clogid,
'S claidheabh socrach an ceanna-bheirt.
Ged chuirt' ceud de luchd-brochain
'S nan droch chasagan dearga,
Ann at aghidh a chogadh
Cha bhiodh gog dhiu nach marbht' leat.

Hector Roy Maclean of Duart, Eachann Ruadh nan Cath, was killed at the Battle of Harlaw in 1411. His body was carried home to Mull by the Macinnises and " Clann Mhic Mhaol Mhoire " of Morvern. By the Clann Mhic Mhaol Mhoire are probably meant the Clann Mhic-Gillemhoire, or Morrisons.

CATRIONA NIC-FHEARGHUIS.

Catherine Ferguson was the daughter of a blacksmith in Contin, Ross-shire. She was married to William Chisholm. They lived on the farm of Innis-nan-Ceann in Strathglass. William Chisholm was one of the strongest and bravest men of his day. He was killed at the battle of Culloden.

CUMHA

Do dh-Uillean Siosal.

LE 'MHNAOI.

Och, a Thearlich oig Stiubhairt,
'S e do chuis 'rinn mo leireadh ;
Thug thu uam gach ni 'bh' agam
Ann an cogadh na t' eubhar.
Cha chrodh is cha chaorich
'Tha mi caoidh ach mo cheile,
Ged a dh' fhagadh mi 'm aonar
Gun sian 'san t-saoghal ach leine,
    Mo run geal og.

Co 'nis 'thogas an claidheabh,
No 'ni 'chathir a lionadh ?
'S gann gur h-e 'tha air m' aire,
O nach maireann mo chiad ghradh.
Ach ciamar gheibhinn o nadar
A bhi 'g aicheadh na 's miann leam ?
Is mo thogradh cho laidir
'Thoirt gu 'aite mo righ math.
    Mo run geal og.

Bu tu 'm fear mor 'bu mhath cuma
O do mhullach gu d' bhrogan.
Bha do shlios mar an eala,
'S blas na meal' air do phogan.

Bha t' fhalt dualach, donn, lurach,
Mu do mhuineal an ordagh,
'S e gu cam-lubach, cuimir,
'S gach aon 'toirt urrim d'a bhoichid,
    Mo run geal og.

Bu tu 'm fear slinneanach, leathunn,
'Bu chaoile meadhon 's 'bu dealbhaich';
Cha bu taillear gun eolas
'Dheanadh cota math gearr dhuit.
No a dheanadh dhuit triubhas,
Gun bhi cumhann no gann dhuit ;
Mar gheal bhradan do chosan,
Le d' ghearr osan mu d' chalba.
    Mo run geal og.

Bu tu iasgair na h-abhann,
'S tric a thathich thu-fein i ;
Agus sealgair a mhunidh,
'S bhiodh do ghunn' air dheagh ghleusadh.
Bu bhinn leam tathunn do chuilein
'Bheireadh fuil air mac eilde ;
As do laimh 'bu mhor m' earbsa,
'S tric a mharbh thu le cheil' iad.
    Mo run geal og.

Bu tu poitear na dibhe
An am suidhe 's taigh-osda ;
Ge b' e' dh' oladh 's tu phaigheadh,
Ged thuiteadh cach mu na bordibh.
Bhi air mhisg cha n-e b' fhiu leat,
Cha do dh-ionnsidh thu og e ;
Is cha d' iarr thu riamh muthadh
Air chul do mhna posda.
    Mo run geal og.

'S iomad baintighearna phrisail,
Le 'n sioda 's le 'n sroltibh,

Da 'n robh mis' am chuis f harmid
'Chionn 's gun tairgeadh tu pog dhomh.
Ged a bhidhinn cho sealbhar
'S gum b' leam airgiod Hanobhair,
Bheirinn seachad gu saor e
Airson t' fhaotuinn am posadh.
   Mo run geal og.

Gur a mis' 'th' air mo sgaradh,
Chuir an t-earrach so 'n eis mi,
Chaidh mo shugradh gu sileadh
On nach pillear o 'n eug thug.
Fear do cheille 's do thuigse
Cha robh furasd' ri fheutinn,
'S cha do sheas an Cuilf hodir
Fear do choltais 'bu treine.
   Mo run geal og.

Bha mi greis ann am barail
Gum bu mhaireann mo cheile,
Is gun digeadh tu dhachidh
Le mor aighear 's le eibhneas.
Ach tha 'n t-am air dol thairis,
Is cha n-f haic mi fear t' eugais ;—
Gus an cuir iad san talamh mi
Cha dealich do speis rium.
   Mo run geal og.

Och nan och ! gur mi bochdag,
'S mi lan osnich an comhnuidh ;
Chaill mi duil ri thu 'thighinn,
Thuit mo chridhe le doruinn.
Cha tog fiodhall, no clarsach,
Piob, no taileasg, no ceol e.
'Nis on chuir iad thu 'n tasgidh
Cha duisg caidreamh dhaoin' og mi.
   Mo run geal og.

'S iomadh baintighearn' 'tha bronach
Eadar Trotarnis 's Sleite,
Agus te 'tha na bantraich
Nach d' fhuair samhladh do m' cheile-s'.
Bha mo chridhe lan solais
Fhad 's bu bheo sinn le 'cheile ;
Ach an nis on a dh' fhalbh thu,
Cha chuis fharmid mifein daibh.
Mo run geal og.

—— x ——

DOMHNALL MAC RAONUILL.

Donald Macdonald, known as Domhnull Mac
Raonuill, was a native of Glencoe. He was a son
of Raonull na Sgeithe, and belonged to the
family of Achatriochadan. He was born about
the year 1780. He commanded the Glencoe men
in the rising of 1745. Macdonald of Achatrioch-
adan and himself called upon a weaver on a
Sunday morning, and gravely asked him how it
was that he happened to be home when Prince
Charles had returned and all the people had gone
to the church in the Isle of Mun, fully dressed and
armed. They told him that their own arms were
hid in a cave on the hill, and that they were on
their way to get them. The weaver, putting on
his best clothes and girding his sword to his side,
hurried off to church. It seems that he was of a
boastful nature, but at the same time a coward.
It is said that at the Battle of Sheriffmuir, instead
of rushing to the fight, he hid himself behind a
dyke. On the Monday after the weaver's appear-
ance in church Bha Claidheabh air Iain 'san t-
searman was composed and sung. Domhnull
Mac Raonuill was married, and had at least a son
and daughter. His daughter was married to
William Campbell, and was the mother of Donald
Campbell, author of the " Language, Poetry, and
Music of the Highland Clans."

BHA CLAIDHEABH AIR IAIN 'SAN T-SEARMAN.

LE DOMHNULL MAC RAONUILL.

'Nuair chual' an sar ghaisgeach am Prionns' bhi
    fo airsneal,
Chuir e litir le cabhaig a tairgsinn
Nan deanteadh le reachd e 'na dhiuc is na
    dheacair
Gun togadh e Sasunn is Albinn.

Bha claidheabh air Iain, air Iain, air Iain,
Bha claidheabh air Iain 'san t-searman ;
Bha claidheabh air Iain, fear deas laimh mo
    chridhe ;
'S e 'dheanadh an fhighe neo-chearbach.

Bha Iain gun teagabh gum faigheadh e freagirt
Mun deach e do 'n eaglis fo armibh ;
Is mhosgil na mnathan le iolach 's le aighear
'Nuair 'dh ealrich a chlaidheabh 'san t-searman.

Chaidh litrichean falich an null do Lochabar
A dh-innse gun deach e fo armibh ;
Ghabh an riaghladair curam, 's bha 'n geard air a
    dhubladh
Air eagal 's gun duisgeadh e Albinn.

Leis na dh'eirich na phoribh de dh-ardan Chloinn-
    Domhnuill,
Nam bitheadh a phoca lan airgid,
Gun dugadh e dhachidh dhuinn righ fir na
    h-Apunn,
A dh' aindeoin fir Shasinn mur marbht' e.

'S iomadh oganach ullamh nach eiticheadh cumasg,
Bha gun chlaidheabh, gun ghunna, gun targaid,

Gun urad 'is biodag am talach fo 'chrioslich,
Ged bha Mac-a-Ghiobich 'na armachd.

Air la Sliabh-an-t-Siorra cha ghabhadh tu giorag,
'Nuair chaidh na fir inealt' gu stararich ;
'Nuair ghlaodh iad am bristeadh cha tilleadh tu
    idir,
'S gun d' fhagadh na ficheadan marbh leat.

'S mor mo churam mu d' phearsa, mu t-airm, is
    mu t' acfhuinn,
Mu d' shlintean, mu d' cheirslean, 's mu d'
    bhalgan ;
'S gun d' bhrisd thu an t-achda a rinneadh an
    Sasunn,
'Nuair 'chaidh thu cho spailpail 'na t' armachd.

—— × ——

IAIN MAC-CODRUM.

John Mac-Codrum, Iain Mac Fhearchair, was
born at Cladh Chothain in North Uist, and
brought up at Aird Runair. Sir James Mac-
donald, fifteenth of Sleat, appointed him his
family bard, and gave him a yearly pension of
five bolls of meal and five stones of cheese. He
was married three times. He was noted for his
wit. He was a poet of good ability. As a
satirist he is entitled to a very high rank. In a
poem entitled " A Chomhstrith," he describes a
jawing and fight between two neighbours, " Am
Frisalach 's am Baideanach." The following
stanza from it is of as thoroughly satirical a char-
acter as any five lines could easily be :—

" Bha Uidhist air a narachadh,
Bha iutharn air a fasachadh,
Le guidheachan na caraid ud ;
Bha solas air an Abharsair,
Bu neonach leis nach danic iad."

So horrible were the maledictions hurled against
one another by the two who were quarrelling that
Uist was disgraced, and that the demons deserted
the lower regions to listen to them, whilst Satan
was delighted, and at the same time astonished
that men who were capable of using such awful
language were not leaving this comparatively pure
world and going to reside with himself.

It is probable that Maccodrum was born at
least as early as 1710. He was an old man at the
time of his death. He is buried in the church-
yard of Kilmuir in North Uist.

ORAN

An aghidh an Eididh Ghallda.

LE IAIN MAC-CODRUM.

Tha mi craiteach tinn,
'S tha mi sgith lan dochair ;
Ceangal air mo bhuill,
Cha dean mi ceum coiseachd.
Mallachd air an righ
'Thug am breacan dhinn ;
Guidheam air beul-sios
On a shin e 'n t-osan.
Ged tha 'n stocin fada,
'S i 'na cochall farsuinn,
B' anns' an t-osan gearr
'S nach biodh da reis fo 'n ghartan.

Dh' ordich thu ar cot'
'Bhi 'na sheorsa casaig ;
Luthig thu ar brogan
'Bhi leon ar casan ;
Mheudich thu ar cis,
'S lughdich thu ar ni,
Dh' fhag thu sinn gnn phris,
Cha n-fheil direadh aginn ;
Thug thu dhuinn a bhrigis,
Theannich thu ar n-iosgaid ;
Banns' am breacan sgaoilte
'Bhiodh aotrom, sgiobalt'.

'S olc a chulidh oidhche.
Bhi 'n luib na casaig ;
Mo chas cha ghabh sineadh,
'S cha n-fhaigh mi cadal.
B' fhearr an solas inntinn
Na deich slatan singilt'.
'Chuirrinn ann san fheileadh
Gu reidh 'sa mhaduinn.
Sud an t-aodach dreachar
'Chumadh gaoth is fras uainn ;
Eideadh nam fear uasal
'Bhiodh cruaidh 'sa bhaiteal.

Cha n-fheil culidh shamhridh
A's fearr nam breacan ;
'S tha e aotrom, fonnmhor,
An am an t-sneachda.
Bha e cleachdt' mar chomhdach
Aig na gaisgich mhorail
A tha 'n diugh air fogradh
Le foirneart Shasuinn.
'Chulidh 'bha 'cur fasgaidh
Air na Gaidhil ghasda,
'Righ, gur mor am beud
'Cur le pleid a fasan.

Cha n-fhacas mac mathar,
Air sraid no faiche,
'S deise na mac Gaidhil
A 's sar-mhath pearsa :
Breacan air am feileadh,
Claidheabh 's biodag gheur air,
'S dagichean cho gleusda
'S nach eisd iad sradag ;
Sgiath air gual a ghaisgich,
'S cuilbheir caol fo achlais.
Cha n-fheil Gall 'san t-saoghal
Cho laochail, maiseach.

'S math 'thig boinaid ghorm
Air fear calm' an cocadh,
Cota gearr is feileadh
'S na sleisdean nochdte.
Ann an lathir cruadail
Bhiodh e neimhail, buailteach,
'Leadirt nam fear ruadha,
'S bhiodh an smuais ga fosgladh ;
Bbiodh neart treun a churidh
'Cur a loinn' gu 'fulang ;
'S bhiodh a naimhdean millte,
'S an cinn de 'm muineil.

'Nuair 'chruinnicheas na Gaidhil,
Na sair nach obadh,
Le 'n geur lannibh Spainteach,
An lathir troide.
Sgriosidh iad gu h-iargalt'
An luchd-fuatha biastail ,
Cha bhi bonn gun dioladh
De bhlar Chuil-fhodir.
Cha n-fheil neach a chreachadh
No dha 'n dugadh masladh,
Nach faigh an luchd-miruin
Gu 'n diol 'thoirt asda.

Gur h-oil leam ar n-aodach
A chaochladh cuma ;
Ach theid sin a dhioladh
Mu gheata Lunninn,
Leis na fleasgich bhoidheach
'Chluicheas mar na leoghinn,
'Chuireas geilt air Deors'
'S a luchd-comhnaidh fuileach.
Theid righ Deorsa dhachidh,
'S cha n-iarr duin' air ais e ;
Bidh Tearlach 'na righ,
'S bidh pris air na breacain.

—— × ——

ORAN NAM BANTRAICHEAN.

LE IAIN MAC-CODRUM.

Tha na bantraichean ga m' sharuch',
'S gun agam mu dheidhinn pairt diu ;
Obh ! och ! mo chall is mo naire,
Falbhidh mi 's fagidh mi 'n tir.

Theireadh iad gur mi 'n coireach,
Mi 'n coireach, mi 'n coireach,
Theireadh iad gur mi 'n coireach,
Ged a theirinn-sa nach mi.

'M Pabuill, 's an Sannda, 's an Sollas.
Gun bi dream dhiu anns gach dorus ;
Leis mar 'chuir iad ann am bhoil mi
Theid mi 'sgorr 'sam faigh mi sith.

Thuirt te dhiu le comhradh caoimhnail,
" 'S math a b' airidh e air maighdinn,
'S math a cheannsicheadh e raoin'
An dorus faing ged 'bhiodh i 'strith."

Thuirt te eile gu ceol spors dhaibh,
" Ciod am fath dhuinn 'bhi ga thorachd,
B' f hearr leis 'bhi 'falbh leis na h-orain
Na bhi 'doruinn ri cois-chruim."

Sin 'nuair a thuirt bailidh 'n tighearn',
'S ann 'tha 'm bainidh ort a tighinn
'G iarridh gu posadh a rithisd,
'S tu 'n deidh dithisd 'chur do 'n chill."

Thuirt fear Ghriminis gu fiadhich,
'S e 'tarruinn buiceis air 'f hiaradh ;
" Am faca sibh riamh cuis mhiothlachd,
Mar f hear liath gun chiall gu mnaoi ! "

––––––––

Raoine, a young barren cow. She would be strong and
difficult to manage at the time of shipping. Bainidh, mad-
ness. Buiceis, a sportive movement, like a buck.

–––– × ––––

AILAIN BUIDHE.

Allan Macdougall, commonly called Ailain
Buidhe, was a native of Argyleshire. He lived
in Glendovan, Gleann-domhinn, on the west side
of Loch Awe. He was a farmer and grazier, and
was in comfortable circumstances. He was full
of wit and humour. He was never married. He
was squint-eyed.

––––––––

THA MI GAM PHIANADH.

LE AILAIN BUIDHE.

Tha mi gam phianadh
'S mi 'g iarridh chaileagan ;
Cha n-f haigh mi 'm bliadhn' iad
Ma 's fiach mo bharail-sa.

Cha doir iad dhomhsa
Fiu geallidh posidh,
Le gainne storais,
'S mi gorach, amaideach.

Is iomadh oigh
'Bheireadh pog gu h-ealamh dhomh,
Nam biodh mo choirichean
Laidir daingeann dhomh,
'S da dhusan bo agam,
Coirce 's eorna,
Da ghearran oga,
'S lair mhor is searrach aic'.

Cha n-f heil gill' og
A gheibh greim de 'n earras ud
Nach faigh gu leoir
'Theid le 'n deoin an ceangal ris.
Cha chuirinn geall ruibh,
Ge mor ur baindeachd
Nach h-'eil sibh sanntach
Mu 'n t-saoghal shalach so.

Tha sinne gorach,
Ro cheolar, amaideach ;
Air feill no 'n coisir
Gur tric gar mealladh sinn':
Gur te 'sa chiad
'S a bheil ciall is banalachd,
Ge min le 'm bial iad
Tha 'n cliabh lan nathrichean.

Gur duilich ciall
A chur ann sna h-amadain ;
Tuigs' agus riaghailt
Cha n-f hiach leo leanailt riu.
Ma chi fear sgodag
Le ceap no cleoca,

'S i cridhail, boidheach,
'S i sud a leannan-sa.

Na taobh ri leodag
'Bhios mor na faireachdinn,
'S air bheagan storais,
Ach seorsa falachd innt'.
Ma bhios i sonnrichte
'Dh-ionnsidh sgrobadh,
Gun doir i 'n roibean
Taobh eil' an teallich dhiot.

Gur mor a b' annsa
Te narach bhanail leam,
Nach cumadh canran
No dranndan teallich rium ;
A bheireadh gradh dhomh
Le gean 's le gaire,
'Bhiodh math do m' chairdean,
'S i 'g iarridh 'n toileachadh.

Roibean, a squalid little beard.

—— × ——

COMHAIRLE DO NA GILLEAN OGA.

LE AILAIN BUIDHE.

Bheirinn comhairl' air gach fleasgach
A tha mu dheas is mo thuath dhiom,
Iad a thoirt lamh air an seise,
'S gun bhi streap ri mnathan uaisle.
On tha sinn a tamh 'sna gleannibh
Is gach earrach a tigh 'nn cruaidh oirnn,
Ge math greus a chur air anart,
Is fhearr dhuinn banarach buaile
        Na te dhiu sin.

Gur h-iomadh gill' og 'tha laighe
Gun bhean-taigh' aige ri 'chliathich,
'S e trom-inntinneach, gun aighear
'H-uile latha de na bhliadhna,
Aig cho ard agus 'tha 'amharc,
'S e le athir air a riaghladh.—
An te 'gheibhear leis cha ghabhar,
'S an te nach faighear 's i 'dh' iarrar,
    Is e neo-ghlic.

Gur h-iomadh oganach falamh
A's math 's aithne dhomh 'am eolas,
A thagh diasanach de chaileig
An teas a fala 's a feola.
Ma tha thu gun or am bannibh,
Gun chrodh-ballach a ni storas,
'S e dol 'an toiseach na h-aimbeirt
Dol ann an ceangal ri leodaig
    Le ribin breac.

Ma 's a fleasgach 'tha lan boch thu,
Tagh do stochd is do ni gluasid,
Is tagh a reii sin do leannan
Mun deid i tharad an uabhar.
Ma 's aill leat 'bhi sona, socair,
Thoir bean a toiseach na tuatha ;
Gur h-iomadh fear 'chaidh a mhealladh
Le dol an lan fhuil nan uaisleen,
    'S le ar-amach.

Tagh aobharrach mar bhean-taighe
'Bhios tuigseach, mathasach, suairce,
A thogas laogh agus gamhinn,
'S a ni crodh 's aighean a chuallach.
Ma bhios da cheaird air a lamhan
Nar a lughaid ort a ghruagach ;
Ma ni i sud dhuit gu ro mhath,
Is nigheadh, dreasadh, is fuaigheal,
    Is grinneas bhan.

Faigh te dheas, dhireach 'na pearsa
A th' air a cleachdadh ri fuaradh,
Aig a bheil eolas air deisir,
'S a sheasas gu math air tuathir.
Ma 's a te i 'ni gu gasda
Greidheadh, is cartadh, is buain dhuit,
Bidh a tochar trom gach latha
A tigh 'nn le rath air do bhuaile
    Le cinneas math.

Bi gluasad gu siobhalt', farasd',
Is dean do mhalirt 'measg tuatha ;
Bi geur-shuileach ann ad shealladh
Air gach caileig 'tha mu 'n cuairt dhuit.
'S feuch gum bi agad deagh aithne
Air te, mun tarruinn thu 'suas rith',
Gur h-eunag f hallan, ur, ghlan i,
'S nach tilgear breamas no tuaileas
    Ort as a leith.

Na dean-sa tair air na facail
Airson an stochd a thug bhuaith' iad ;
Ged tha goriche 'nam chlaigeann,
'S ged a tha m' aigneadh so-ghluasad,
Faodidh mi 'bhi ceart 'nam bharail
Mu na mnathan 'tha lan uaisle ;
'S tric a bha comhairlean ra mhath
An ceann an amadain ghuanich
    Air bheagan rath.

Aimbeart, poverty, want. Leodag, a slovenly, untidy
female. Boch, joy. Aobharrach, a young person. Fuaradh,
the windward side. Deisir, a southern exposure. Tuathir,
a northern exposure. Guanach, giddy, lightheaded.

—— x ——

EACHANN MAC-LEOID.

Hector Macleod was born in Uist. He lived in his native island previously to 1745. He resided after that date chiefly in the districts of Arisaig and Moror.

———— —

COILLE-CHROIS.

LE EACHANN MAC-LEOID.

M' ionmhuinn is m' annsachd thu is mo thlachd,
Dha 'n dug mi toirt !
Cha n-aichainn do 'n chleir nach deaninn stad
An coill sin Chrois.

'S binn cruit cheolar is clarsach cheart,
'S piob le 'cuid dos,
Ach 's binne na h-eoin a seinn mu seach
An coill sin Chrois.

'Dh-aon innleachd de 'n d' fhuaradh am mach
Gu 'r dion bho 'n olc
'S fearr dubhar nan craobh le smaointinn cheart
An coill sin Chrois.

Ged bhiodh tu gun fhradharc, gun luth nan cas,
'Ad dheoiridh bochd,
Nam bu mhath leat do shlaint' thilleadh air ais,
Ruig coill sin Chrois.

Aig ailleachd a luis, misleachd a meas,
'S feabhas a bhlais,
Cha n-iarradh tu sholas, nam biodh tu glic,
Ach coill sin Chrois.

A bheil ceol cluaise 'san t-saogh'l so bhos
Cho binn 's cho bras,
Ri sior-bhorcadh stoirmail an eas'
Ri taobh coill Chrois?

Dluth thearnadh na buinne le creig,
Gun easbhuidh neart,
Nach traoigh is nach traigh, 's nach fas beag,
Nach reodh 's nach stad.

Is lionmhor bradan tarr-gheal, druim-bhreac,
A leumas ris,
Is cho luath is a tharas iad as
Bhuath' a comhruith.

—— x ——

GILLEASBIG NA CIOTAIG.

Archibald Macdonald, known as Gilleasbig na
Ciotaig, was born at Paible, in North Uist. His
left hand was short, and fingerless. He received
a good education at the parish school. He was
for some time employed as clerk by Clanranald's
factor, in South Uist, am Bailidh Breac. He pre-
pared a volume of poems for the press, and
started for Inverness to get it published. He
died, whilst on his way, at Fort Augustus, where
he is buried. He composed some excellent comic
songs.

———

BANAIS CHIOSTAL ODHAIR.

LE GILLEASBIG NA CIOTAIG.

LUINNEAG.

'Bhanis a bha 'n Ciostal Odhar,
Ann an Ciostal odhar, odhar,
'Bhanis a bha 'n Ciostal Odhar,
Cha robh othil choir oirr'.

Thanic fear a staigh gam ghriobadh,
'Dh-innse gun danic am pige ;
Fhuaras botul, 's lionadh slige
Le binn ghliog is cronan.

Ged nach robh ann moran dibhe,
Leig iad a dh-ionnsidh an cridh' i,
'S bha fear an drasd is a rithisd
'Dol gu bruidhinn ghorich.

Thanic fear an nuas le mi-mhodh
Gu e-fhein a chur an ire,
'S thoisich e air bleith nan ingnean
Gu mi-fhin a sgrobadh.

Thuirt mi ris gu guineach, fiadhich,
Ma 's e mi-stath 'tha thu 'g iarridh,
Is docha gun cuir mi m' fhiacil
Air iochdar do sgornain.

Dh' eirich mi gu grad 'am sheasamh,
'S bhon a bha e dalma, beadidh,
Thug mi sgailc dha 'rinn a leagadh
Agus breab mu 'n bhodhan.

Chaidh cuid de na fir gu riasladh,
Is thuit ceathrar dhiu sa ghriosich ;
'M fear 'bu luige bha e 'n iochdar
'S thug iad stiallan beo as.

Ged a thoisich iad air buillean,
Cha robh mi fhin a cur cuir dhiom,
Gus 'n do mhaoidh iad air mo mhuineal,
'S air duileasg mo shroine.

Rug iad orm mar phasgan sgiobalt,
Thog iad mi 'm mach thun na sitig,

'S chuir iad mi gu trom an trioblaid ;
Theab gun ithteadh beo mi.

Thug iad am mach thun nan raointean
Mar choin shiubhlach a ruith chaorach ;
'S am fear nach do sgrob iad aodunn,
Bha 'aodach ga shroiceadh.

'Nuair a bha na fir ri 'cheile,
'Sradadh na fal' ann sna speuran,
Bha mis' ann an ait gan eisdeachd,
'S gum b' eibhinn an spors iad.

Bhuail iad air a cheil' a chnagadh,
Lcig iad air a cheil' a shadadh ;
Shin iad air aithris na braide,
'S air cagnadh nan ordag.

Chiteadh mun danic an latha,
Fear ri caoineadh, fear ri aighear,
Fear a pogadh hean an taighe,
'S fear a gabhail orain.

Labhir am fear-ciuil 's e sgith dhiu ; —
Chuir sibh mo phuirt 'feadh na fidhle,
'S mis' am fear nach dig gu dilinn
A thoirt sgriob air ceol dhuibh.

Bodhan, thigh.   Siteag, a dung-pile.

— x —

AN NIGHEAN BHUIDH' BHAN.

LE BEAN IAIN MHIC AONGHUIS.

LUINNEAG.

A nighean bhuidh' bhan nam falbhadh tu leam,
A nighean bhuidh' bhan nam falbhadh tu leam,
A nighean bhuidh' bhan nam falbhadh tu leam,
Gun ceannichinn gun de 'n t-sioda dhuit.

Nighean bhan 'th' air cnoc a mhurain,
Dha 'n dug mi mo ghaol o 'n uiridh,
B' annsa leam na or na cruinne,
'Chuilein, thu 'bhi sinte rium.

'S furasd dhomhs', a ghruagach, t' aireamh ;—
Do chul dualach, cuachach, faineach,
Gruaidh thana dhearg a 's glan dearrsadh,
'S falt mar bharr nan dithean ort.

Tha thu boidheach, laghach, taitneach,
Foghinteach, deas, ann am pearsa ;
Cha dean mis', a chiall 's a thasgidh,
Trian dhe 'n tlachd 'th' ort innse dhuit.

'S mall do rosg, 's gur glan do leirsinn,
Suil ghorm mar dhearcaig an t-sleibhe,
Mala chaol a 's caoine, reidhe ;
Cha bu bhreug ach firinn sud.

Calba ban nach iarr an gartan,
Troigh shocrach nach dochinn faiche ;
'S e mheudich cho mor mo thlachd dhiot
Riamh nach faicteadh mi-ghean ort.

Beul a 's binne 'sheineas oran,
Milis, blasda, socair, comhnard,
Fonnmhor, farasda, ro dhoighail ;
Cha bhi sgod r' a inns' uime.

Anna ged nach 'eil mi stocail,
Cha n-e 'n t-snathad mo cheird chosnidh ;
Dheaninn aran eorna 's coirce
'Mach ris an droch shide dhuit.

Ma ni thu mar 'tha thu 'labhirt,
'S gun cum thu riumsa do ghealladh,
So mo lamh gur mi do leannan,
'S nach bi balach sinte riut.

In 1860, the late John F. Campbell took down
a tale from the recitation of Angus Macdonald of
Stoney Point, in South Uist, Aonghus Mac Iain
Mhic Aonghuis. The reciter of the tale told Mr.
Campbell that the song entitled, A Nighean
Bhuidh' bhan, was composed by his mother, that
she died in 1790, and that she was at the time of
her death one hundred years of age.—*Popular
Tales of the West Highlands*, Vol. III., p. 146.

—— x ——

DOMHNULL MAC-GILLEMHOIRE.

Donald Morrison was apparently a native of
Coll. He seems to have passed his younger days
in the service of Hector Maclean, eleventh of Coll.
He lived in Tiree during the latter part of his life.

ORAN

Do dh-Eachann Mac-Gilleain, Tighearna Chola.

LE DOMHNULL MAC-GILLEMHOIRE.

Aithris bhuamsa gu soilleir
Gu Tighearna Chola
Gun do chaill mi le corrich mo sheol.
Aithris bhuamsa, &c.

'S a mhic Iain na feile
Gun comhnadh Mac De leat ;
'S tu nach gabhadh le eucoir an corr.

Thug an duin' ud dhomh bairlinn
Ann an lathir mo chairdean,
Mur a fuiling thu tamailt bi 'falbh.

Thug mi corr is coig bliadhna
Ga cur thug' air a haradh,
'S cha do ghiulain i riamh dhomh an cors'.

Gloir do Chriosd mar tha cuisean,
Pian an Fhrangich na dhuthich,
Tha mo thighearna duthcha-sa beo.

'Nuair a chaidh thu do Shasunn
Ann an cuideachd Shir Eachinn,
Ghabh an righ moran tlachd dhe do ghloir.

An am tilleadh o 'n chuirt duit,
'S iomadh morair is diuca
'Bha gu subhach 's do shlainte ga h-ol.

'Nuair a bhiodh tu 'measg cuideachd
'S tu ri ol air bol *puinnse*,
Gum biodh cach 's iad ri tuiteam mu 'n bhord.

Ann an am dol air t' each dhuit
Bhiodh ort botuinn is casag,
Ad de 'n t-siod' agus les rithe 'n or.

Gruag cho geal ris a chanach
Air an urla 'bu ghlaine,
Air do chulaobh an ceangal le spors.

Gum bu shlan a bhean chiche
'Rinn do chuislean a lionadh,
Cha n-fhacas riamh sgith thu 'n deigh oil.

'S tu mo choinneal an lainntir,
'S tu mo threise ri ainneart
Ged a leiginn beum ann thar na coir'.

'S tu mo chadal 's mo dhusgadh,
Ann am laigh' tha mo shuil ort,
'Fhir a's flathaile gnuis a tha beo.

Hector, eleventh Maclean of Coll, succeeded his father in 1729.   He died in 1754.

—— × ——

GUR A TROM LEAM MO SHAIL;

Oran le Domhnull Mac–Gillemhoire, an Tireadh, an deigh bas a chuid cloinne, agus e ag obair air morlanachd comhla-ri clann eile.

Gur a trom leam mo shail,
Is mo ghearran 'am laimh,
'Tarruinn chlach as an lar le m' dhorn ;
    Gur a trom, &c.

Mar-ri paisdean gun chiall,
'S iad air failinn gun bhiadh,
'S mi gan cumail air rian mar 's coir.

Tha gach aon ag radh rium,
Bu neo-nadarra 'chuis e
Gun deanadh tu sugradh leo.

'Nuair 'thig a Chaingis a staigh,
Falbhaidh mise gun cheist,
'S theid mi 'dh-ionnsidh mo threis 's mo threoir.

Tighearna Chola so thall,
Mac Iain 's a chlann ;
Cuim am bi mi 'n ur taig 's iad beo ?

Gloir do 'n Ti mar a tha,
Nach h-i 'n aonta bheag, ghearr,
A tha agad a ghraidh an coir.

Tha thu 'shliochd nam fear treun
Ann an carraid no 'n streup,
Daoine rioghail gun speis de dh-or.

Clann-Ghilleain nan tuagh,
'S tric a choisinn iad buaidh,
Bu leo deas laimh an t-sluaigh le coir.

Ur ceann-cinnidh gun fhoill,
Malirt cleoc' cha do rinn,
'S ann a striochd e do dh-oighreachd gloir'.

'S ann a dh' fhalbh iad an nis
Na fir mhora 'b' fhearr meas,
Eachann Ruadh is a mhic is Eoin.

'Nuair a bha thu'san Fhraing,
Ged a b' fhad' i o laimh,
Dhaithnichinn t' fhabhar air cainnt am beoil.

Bha mi leat 's an taobh tuath,
Chithinn romham thu 'suas,
Is sinn aigeannach, uallach, og.

———

Mac Iain, in full Mac Iain Abrich, a patronymic applied to the Macleans of Coll. Eachann Ruadh is a mhic is Eoin, Hector Roy of Coll, Lachlan and Donald, his sons, and John, Lachlan's son. Lachlan, eighth of Coll, was drowned in 1687. John was killed accidentally. His uncle, Donald, succeeeded him. Hector, Donald's son, succeeded his father in 1729. He died in 1756.

FEAR STRATH-MHATHASIDH.

Lachlan Macpherson, tacksman of Strathmassie, was born about the year 1723. His grandfather was married to a daughter of Macdonald of Gellovie and Laggan. His father, John of Strathmassie, was a good scholar, and an intelligent and sensible man. Lachlan received a good education. He succeeded his father in Strathmassie some time after 1758. He assisted James Macpherson in collecting ancient poems in 1760. He assisted him also in preparing his Gaelic Ossian for the press. He was a man of strong mental powers, and unquestionably a good poet. It does not seem however that he attempted to compose any orain mhora or great poems. Those of his poems that have come down to us are almost wholly of a humourous character. He died in 1767.

COMUNN AN UISGE-BHEATHA.

LE FEAR STRATH-MHATHASIDH.

LUINNEAG.

*Ciod eil' a chuireadh sunnd oirnn,
Mur cuireadh bean is liunn e?*

Fear mo ghaoil an t-uisge-beatha,
Air am bi na daoin' a feitheamh ;
'S tric a chuir e saoidh 'na laighe
Gun aon chlaidheabh 'rusgadh.

'Nuair chaisgeas gach sluagh am pathadh,
'S a theid mac nam buadh air ghabhail,
'S lionmhor uaisle 'feadh an taighe ;
'S biasd nach caitheadh cuineadh.

Cha b' e sud an comunn suarrach,
'S mairg a dh' iarradh an taobh shuas diu,
'S iad nach cromadh thun na fuaraig,
Ged bu dual daibh 'n luireach.

Bidh iad lan misnich is cruadail,
Gu h-aigeantach, brisg gu tuasaid ;
Chuireadh aon f hichead 'san uair sin
Tearlach ruadh fo 'n chrun duinn.

Chluinneadh fear a bhiodh gun chluais iad,
Nan deanadh luinneag is fuaim e ;—
Comunn teangach, cainnteach, cuachach,
Dannsach, suairc', neo-bhruidail.

Comunn aoidhail, olmhor, pairtail,
Pogach, dornach, sronach, gabhidh,
Sporsail, ceolmhor, cornach, gaireach,
Nach cuir cas gu curam.

Ged nach paighear an Fheill-Martuinn,
'S ged bhiodh uireasbhidh air paisdean,
Leanidh iads' an iocshlaint' aghmhor
Gus am fag an luths iad.

An uair a's fearr a bhios aca
Bidh lamh air gach cuail' is bata ;
Bidh fear buailte, 's fear ga thachdadh,
'S fear fo 'n casibh ciuirte.

'S tric a chithear ann sa chaonnaig
Fioram farum chon is dhaoine,
Clann a ranich, mnai ri caoineadh ;
'S boabhail crosd a chuirt iad.

'S ma chreideas gach fear na chual e,
'S meas e na thuirt Calum Ruadh rium ;
'S iad na coin a bhios an uachdar,
'S bidh daoin'-uaisle muchte.

COR AN T-SAOGHIL.

LE LACHINN STRATH-MHATHASIDH.

Tha sluagh an t-saoghil so 'nan deannibh,
Fear a sgaoileadh 's fear a teanail,
Fear a carnadh oir 's ga mhuchadh,
'S fear ga ol gu dluth le caithrim.

Bhuainn e, 'dhaoine, 's gabhidh 'n seol e,
'Bhi ro ghlic no bhi ro ghorach ;
Leigibh dhibh e 's leanibh mise ;
So agibh an nis mo dhoigh-sa :—

Gun bhi ro chaiteach no 'nam dhaolaig,
A cruinneachadh oir no ga sgaoileadh ;
Ma gheibh mi biadh, tein', is earradh
Tha mi toilichte dhe 'n t-saoghal.

'Nuair 'bhuaileas an t-eug a ghath orm,
Tha mo Shlanighear air a chathir,
'S bheir e mi cho luath do Pharras
'S ged b' e righ na Spainne m' athir.

——— x ———

ORAN DO NIGHINN OIG.

LE UILLEAM MAC-COINNICH.

'S cianail m' aigneadh on a mhaduinn
'Ghabh mi cead de 'n ribhinn ;
Ti cho taitneach riut cha n-f haic mi
Ann an dreach no 'm fiamhachd.
Bu thrian de m' lon do bhriathribh beoil
A teachd mar cheol a sith-bhruth ;
'S i 'n t-seirc a ta 'nad bhraighe ban
A thaisg mo ghradh gu diomhair.

Ciochan corrach, lionte, soluis
Air do bhroilleach reidh-ghlan ;
Do sheang-shlios fallain mar an eala,
No mar chanach sleibhe ;
Bas ionmhuinn caoin nan geal-mheur caol,
A dealbh nan craobh air peurlinn,
'S tu fialidh glic, do chiall gu'n dig
Air diomhaireachd nan reultan.

Do bhraighe gle-gheal mar ghath greine,
T' aghidh reidh-ghlan mhodhar ;
Siunnailt t' eugais 's tearc ri f heutinn,
Gur tu reul nan oighean.
Gur bachlach, dualach, cas-bhuidh, cuachach,
T' fhalt mu 'n cuairt an ordagh ;
'S ann 'tha gach ciabh mar fhain' air sniomh,
'S gach aon air fiamh an oir dhiubh.

Nighean aingil nan rosg malla,
'S nan gruaidh glan 'tha narach ;
Da shuil ghorm mheallach fo d' chaol mhala,
'S gach aon a mealladh graidh dhiu.
Tha mais 'ad ghnuis gun eas-bhuidh muirn,
Beul meachir ciuin 'ni manran ;
Do bhriodal caomh 's do loinn maraon
A riun mo ghaol-s' a thaladh.

Corp seamhidh ban 'choimh-lionas gradh
Gach ti a tharas iul ort,
'S ann tha do shnuadh 'toirt barr air sluagh,
'S tu 'n ainnir shuairce, chliuteach ;
Do dheas chalbannan ro dhealbhach,
Gun bhi meanbh no dumhail ;
Troigh chruinn chomhnard 'dh' fhalbhas
   modhar,
Nach dean feoirnein 'lubadh.

Chomh glan is tu 's neo-shoilleir dhuinn,
Mar ghealich thu 'n tus eirigh ;

Beul tana muint' is anail chubhridh,
Is siunnalt thu do Bhenus.
'S e 'chrun do thlachd deud muirn' mar chaile
Air dhluthadh ceart ri 'cheile ;
O 'n dig an t-oran aotrom ceolmhor,
Mar an smeorach cheitein.

O Thriath nan dul tus rath' fhuair thu
'Bhi modhail, ciuin, gun ardan ;
Tha iochd is cliu, is loinn, is muirn,
Air glaodhadh dluth ri d' nadar ;
'S tu air do bhuain a freumh nam buadh,
De 'n treun fhuil uasil, statail ;
Thu fialidh, pailt an gniomh 's an tlachd,
'S do chiall 'co-streup ri t' aillteachd.

<hr>

The subject of the poem was a daughter of
Coinneach Ruadh Mackenzie, son of Mackenzie
of Applecross. When the author repeated it to
his brother Alexander, the latter said he could
compose a better poem himself. He tried to
prove his statement by composing the poem that
follows.

—— × ——

ORAN DO 'N NIGHINN CHEUDNA.

LE ALASDIR MAC-COINNICH.

Soridh slan do 'n ailleagan
'Bha mar-rium 'n trath so 'n raoir ;
Gur barricht' ann an ailleachd thu,
'S gur lan-mhaiseach do loinn.
Thug thu barr air mnai na h-Albann
An dreach, 's an dealbh, 's an sgoinn ;
Dh' fhag nadar ann an gliocas dhuit
Gach buaidh dhiu sud os roinn.

Ge dana dhomh ri raitinn sin
Thug nadar dhuit na 's leoir,
Cho mor 's gun d' rinneadh ban-righ dhiot,
Gun ardan, gun ghne phrois.
Cha n-fheil cron ri aireamh ort
A dh' fhaodadh fas air feoil ;
Am measg bhan og is mhaighdeannan
Mar dhaoimean thu 'measg oir.

Am measg nam ban gur sgathan thu
'Toirt barr orra anns gach geall ;
Is bachlach, buidhe, sniomhanach
Gach ciabh 'tha air do cheann ;
Tha do ghruaidh cho dreachar
Ris na h-ubhlan datht' air crann ;
Suil chorrach ghorm mar dhearcagan,
Mu 'n iath an rosg 'tha mall.

'N taobh staigh de 'n bhile dhathte sin
Tha deud geal, cailce, grinn ;
O 'n ceolmhoire 'thig orain
Na na h-organan a seinn.
Mur h-'eil cron am falach ort,
'S e bharail 'sa bheil sinn
Gu'n tilg thu-fein is Bhenus
Ann an dealbh 's an eugas croinn.

Trian do mhais' cha n-innsear leam
A dh' aindeoin ni de 'n can ;
Braighe mar chuan linnginneach
Fo 'n aghidh mhin gun smal,
Gur corrach geal na ciochan
'Th' air do bhroilleach lionte glan ;
Glac gheal, mhiar-fhaineach, fhinealta,
'Tha teom air gniomh nam ban.

Fhad 's a mhaireas Albannich
Biodh iomradh ort air bhuil ;

Slios mar eal' air chuantibh
Aig an oigh a 's uaisle fuil ;
Do phog air bhlas nam fioguisean,
'S do bheul o 'm binn 'thig guth ;
'N am eisdeachd fuaim na fidh'laireachd—
Gur finealta do chruth.

—— x ——

DONNACHADH BAN MAC-AN-T-SAOIR.

Duncan Ban Macintyre was born in Druimlia-
ghart, in Glenorchy, Argyleshire, March 20th,
1724. His early life was spent in hunting and
fishing. He could neither read nor write. He
joined the Royalists in 1745 as a substitute for
Mr. Fletcher of Glenorchy, who promised him
300 marks, or about \$85. He fought at the
Battle of Falkirk, under the command of Colonel
Campbell of Carwhin, January 17th, 1746.
Though fighting for King George he was a
Jacobite at heart, and would rather have been on
the other side. He was an excellent marksman,
and after the suppression of the rebellion was
appointed forester to the Earl of Breadalbane in
Coir'-a-cheathich and Beinn-Dorainn. Some
years afterwards he became forester to the Duke
of Argyll in Buachill-Eite. He served six years
in the Breadalbane Fencibles, or from 1793 to
1799. He held the rank of Sergeant. After
1799 he became one of the city-guard of Edin-
burgh. He retired from the city-guard in 1806.
He died in Edinburgh about the 14th of May,
1812. He was married, but we do not know
whether he had children or not. The first edition
of his poems appeared in 1768. It is said that it
was prepared for publication by the Rev. Dr.
Stewart, minister of Killin, and translator of the
New Testament into Gaelic. Duncan Ban was
one of the ablest poets of the Highlands.

CEAD DEIREANNACH NAM BEANN.

LE DONNACHADH BAN.

Bha mi 'n de 'm Beinn-dorain,
'S na coir cha robh mi aineolach ;
Chunna mi na gleanntan
'S na beanntichean a b' aithne dhomh ;
B' e sin an sealladh eibhinn
'Bhi 'g imeachd air na sleibhtibh,
'Nuair 'bhiodh a ghrian ag eirigh,
'S a bhiodh na feidh a langanich.

'S aobhach a ghreidh uallach,
'N uair 'ghluaiseadh iad gu farumach,
'S na h-eildean air an f huaran,
Bu chuannar na laoigh bhallach ann ;
Na maoislichean 's na ruadh-bhuic,
Na coilich dhubha 's ruadha,
'S e 'n ceol 'bu bhinne 'chualas
'N uair 'chluinnt' am fuaim 'sa chamhanich.

'S togarrach a dh' fhalbhinn
Gu sealgaireachd nam beallichean,
'Dol 'mach a dhireadh garbhlich,
'S gum b' anmoch 'tigh'nn gu baile mi ;
An t-uisge glan 's am faileadh,
'Th' air mullach nam beann arda,
Chuidich iad gu fas mi,
'S iad 'rinn dhomh slaint' is fallaineachd.

Fhuair mi greis de m' arach
Air aireanibh a b' aithne dhomh,
Ri cluich is mire 's manran,
'S bhi 'n caoimhneas blath nan caileagan ;
Bu chuis an aghidh nadair
Gum maireadh sin an drast dhomh ;
'S e 'b' eiginn 'bhi gam fagail
'Nuair 'thanic trath dhuinn dealachadh.

'Nis on bhuail an aois mi
Fhuair mi gaoid a mhaireas domh,
'Rinn milleadh air mo dheudach,
'S mo leirsinn air a dalladh orm.
Cha n-urrinn mi bhi treubhach,
Ged a chuirinn feum air ;
'S ged bhiodh an ruaig 'am dheidh-sa,
Cha dean mi ceum ro chabhagach.

Ged tha mo cheann air liathadh,
'S mo chiabhagan air tanachadh,
Is tric a leig mi mial-chu
Ri fear fiadhich. ceannardach.
Ged bu toigh leam riamh iad,
'S ged fhaicinn air an t-sliabh iad,
Cha deid mi 'nis gan iarridh
On chaill mi trian na h-analach.

Ri am dol ann sa bhuireadh
Bu durachdach a leaninn iad ;
'S bhiodh uair aig sluagh na duthcha
'Toirt orain ur' is rannachd dhuinn ;
Greis eile mar-ri cairdean
'Nuair 'bha sinn ann sna campan ;
Bu chridhail ann san am sin
'S cha bhiodh an dram oirnn annasach.

'Nuair bha mi 'n toiseach m' oige,
'S i 'ghorich' a chum falamh ni ;
'S e 'm fortan 'tha 'cur oirnne
Gach aon mi coir a ghealladh dhuinn.
Ged tha mi gann de storas,
Tha m' inntinn lan de sholas
On tha mi ann an dochas
Gun d' rinn nigh'n Deors' an t-aran dhomh.

Bha mi 'n de 'san aonach,
'S bha smaointinn mor air m' aire-sa,

'S nach robh 'n luchd-gaoil a b' abhist
'Bhi 'siubhal fasich mar-rium ann.
'S a bheinn a 's beag a shaoil mi
Gun deanadh ise caochladh,
On tha i 'n nis fo chaorich,
'S ann 'thug an saoghal car asam.

'Nuair sheall mi air gach taobh dhiom
Cha n-fhaotuinn gun bhi smalanach,
On theirig coille 's fraoch ann,
'S na daoin' a bh' ann cha mhaireann iad.
Cha n-fheil fiadh r' a shealg ann,
Cha n-fheil eun no earb ann,
'M beagan nach h-'eil marbh diu.
'S e 'rinn iad falbh gu baileach as.

Mo shoridh leis na frithean,
O ! 's miorbhailteach na beannan iad,
Le biolair uaine 's fior uisg',
Deoch uasal, riomhach, cheanlta.
Na blaran a tha prisail,
'S na fasichean 'tha lionmhor,
On 's ait a leig mi dhiom iad,
Gu brath mo mhile beannachd leo !

Duncan Ban paid his last visit to Beinn-dorain,
September 19th, 1802.

—— x ——

THE REV. JAMES MACLAGAN.

The Rev. James Maclagan was born in 1729.
He was ordained in 1760 as missionary at
Amulree. He succeeded Dr. Adam Ferguson as
chaplain of the Black Watch, in 1757. He be-
came minister of the Parish of Blair Athol in

1718. He married Catherine, daughter of the
Rev. James Stewart of Killin, in 1784. He was
an excellent Gaelic scholar, and gave some
assistance to his brother-in-law, the Rev. Dr.
Stewart of Luss, in translating the Old Testament
into Gaelic. He was held in the highest respect
by the men and officers of the 42nd. He died
May 3rd, 1805. The Rev. James Maclagan,
Professor of Divinity in the Free-Church College,
Aberdeen, was his son.

Mr. Maclagan was evidently a man of ability,
and a man whose mind was filled with poetic
thoughts. We suspect however that his command
of words was somewhat limited. His composition
is somewhat stiff; it contains too many contractions.
It lacks the regular flow that one would like to
find in poetry.

GAISGICH NAN GARBHCHRIOCH;

Oran a rinneadh do'n Chath-bhuidhinn Riogh-
ail Ghaidhealich, an uair a bha iad a dol do
dh-America 'sa bhliadhna 1756.

LEIS AN URRAMACH SEUMAS MAC-LAGAIN.

Beir soridh bhuam le deagh run buaidh'
'Dh-f hios ghaisgeach stuamach gharbh-chrioch;
Ogain uaisle bhreacan uaine,
Fheileadh sguabidh, 's ghearr-chot';
Lann dubh-ghorm chruaidh air arm-chrios uallach,
'S deilg 'nan guailnibh cearr ac';
Ur laoich chruadalach 'thug buaidh
An laimhseach' luath lann 's thargaid;

Buidheann chridhail Mhorair Iain,
Flath de 'n fhine lamh-threin

'Ni naimhdean dubhach 's cairdean subhach,
'N deagh f huil Mhuireach 's ceannard.
'S ge h-e Loudon theid air lear leibh,
Tha e fearail, sionnsar ;
Glic gun mhaille, treun 'san tarruinn,
Bheir sibh caithream 'nall leibh.

'Leogh'nibh garga bho shean Alb'
Leanibh ri 'r n-airm 's ri 'r n-eideadh,
Faighibh targaid eutrom, bhall-bhuidh'
'Ghabhas dearg thuagh Choillteach ;
'S cuilbheir earr-bhuidh' 'n laimh gach sealgair,
Seoid air marbhadh chaol damh.
O 's mithich 'dh-Alb'nich dol a shealg
Air Frangich chealgach 's Coilltich.

Togibh baidail ard' ri aigein,
Stiuiribh grad treun chabhlach,
Air cuan cas-thonn, stuadhach, bras, ard.
Uaibhreach, glacach, beanntach,
Beucach, tartrach, gailbheach, lasrach,
'Bhuaileas creag le stairn-thoirm ;
A shleuchdas grad do 'r suaicheantas
'S do 'n phiob 'toirt caismeachd falbh dhuibh.

Tha 'n cuan gu min a tairgse sith' dhuibh,
Chaisg e strith throm, shiubhlach ;
Tha 'thonnan min' ri plubrich bhinn,
'Seinn iorraim dhuibh is h-ug air ;
Tha dearrsadh grinn na greine leibh,
'S gur deas gach reann gu dusgadh
A sheoladh dhuibh 'ur sligh' thar sail
Do 'n chaladh aigh a 's ionnsa.

Air mor-thir chi sibh oighean riomhach,
'Teachd le mile failte,
'S braon 'sgach min shuil mhaoth air shior-chrith
'Nan gnuis bhian-ghil, aillidh,

A' guidh' an didean o 'n luchd mi-ruin
Eignich, milltidh, 's craidhidh,
A chreach an tir, a mharbh an dillsean,
An gradh, am fir, 's am braithrean.

Ma 's og-laoich sibhse a thug gaol,
Their oighean caomh' na h-ailleachd,
Bithibh treubhach 's buidhnibh saors'
Do mhnathibh 's chloinn bhur cairdean.
Bheir buaidh air Coilltich 's Fraing na foill'
Do ribhinn mhaoth nam ban bhas,—
Ma 's fios do mhaighdinnibh run maighdinn',—
Leibh gu 'n aom gun ain-deoin.

Ma 's aill leibh cliu dhuibh fein 's dha 'r duthich,
'S gloir mar chumh' neo-bhasmhoir,
Ruaigibh 's sgiursaibh null gach Muisi
'Leum thar sruth Naomh Labhrinn ;
Gu deas o 'bhruaich na fagibh cluain,
Bho 'cheann gu cuan aig Frangach,
No 'n ear o Mhisipi na cuairt
Gu muir an luailteach cabhlach.

'S tearint' dochas 'chur 'sna leogh'nibh
'Chleachd o 'n oig' an cruadal,
'Bhi meas'ra, crodha, air bheag loin,
A siubhal mointich 's fhuar bheann ;
'Bhi luthar seolt' air marbhadh eoin,
Air feachd, air thoir, 's an tuasaid,
Air chlaigne 'stroiceadh 'n cuis na corach,
'Casgadh morchuis uaibhrich.

'S cuimseach sealgairean nan garbh-chrioch
'N am na dararich theinntich ;
Ni iad call le 'm peilair tairnich
Ge b' e ball ri 'n caog iad.
Ri rusgadh lann 's ard sgreadrich chnamh
Bidh ar nan laimh dheis 's maoim romp';

Bidh sgrios do-shasach le sguaib lair
A chaoidh 'm bun sail' ur naimhdean.

Ri leanailt ruaig mar ghaoith bho thuath,
No seabhag, luaths nam feil'-fhear ;
Nach leig as bhuatha Frangich luaineach,
No cas luath nan Coillteach ;
A dh' fhogras ruadh-mhad' Fraing gu tuath,
'Bheir sith-shaimh shuas a bheinn daibh ;
'S le giulan suairc a bheir orr' buaidh
A chaomhnas luaidh' a chaoidh dhuinn.

'N sin gabhidh craobh na sith' le freumh
Teann ghreim de 'n doimhne thalmhuinn,
Is sinidh geugan gu ruig neamh,
Gach aird le seimh-mheas 's geal-bhlath.
Bidh ceileir eibhinn eun 'na meanglain,
'S daoin' le 'n cloinn a' sealbh'chadh
Toridh 's saoth'r an lamh gun mhaoim
Fo dhubhar caomh a dearbh sgail.

Gach gleann ni eibhneas, 's maoth bhlath eiridh
Air gach beinn 'bha fasail ;
Bidh daoin' is spreidh 's tuath iteach speur
Ri mireig 's seirm luath-ghairich.
Thig pailteas, saorsa, gradh, is aoidheachd
Am measg dhaoine 'dh-aiteach ;
Bheir sith do 'n ghrein teas, lonnrachd, 's gleus,
'S do chomh-sheirm neimh luath's nadair.

Air faighinn sith 's gach math 'thig dh'i,
Is ceannachd 's tir mar b' abhist
Mu Ohio riomhaich nan lub lionmhor,
Thig sibh a ris gu 'r n-aros ;
Thar cuan le piob-cheol subhach, grinn,
'S le caithream binn 'n 'ur cabhlach ;
Bidh maighdnean riomhach mar' 'nam miltibh,
'S eisg mu 'r piob a dannsa.

Bidh cumh' o 'n righ is buidh'cheas tire,
'S cliu gach linn gu brath dhuibh
'Dhion coir bhur tir' o shannt a mhillteir
'S a dhearbh mor bhrigh nan Gaidheal ;
'S 'nuair 'thig sibh ris bidh cairdean min',
Is baird bheul-bhinn 'g 'ur failteach ;
'S cha diult an ribhinn lamh do 'n fhior laoch,
'Thug 's gach strith buaidh-larich.

Ni 'r deagh ghiulan Deors' a lubadh,
'S bheir e dhuinn ar n-eideadh ;
An t-eideadh surdail 'bha o thus ann,
O linn Adhaimh 's Eubha :
'S ma bheir e'n trath s' dhuinn, mar a b' abhist,
Ar n-inbh', ar n-airm, 's ar n-eideadh,
'S sinn saighdean 's fearr a bhios 'na bhalg ;
'S e 'n t-iochd 'ni Alb' dha fhein d'inn.

Bidh Breatunn 's Eirinn 's Eorp gu leir
'Geur amharc Ghaidheal Alb' nach ;
'Ur tir 's mi-fhin mar mhathair chaoimh
A guidhe Neamh leibh soirbheach.—
Ri ceol no caoidh 'reir mar thig dhuibh,
'Chaoidh cumibh 'n cuimhn' bhur n-Ard-Righ ;
'Nis beannachd leibh, lan shonas 's buaidh,
Gu 'r cliu-sa luath-ghair chairdean.

———

Reann, a star. Ionnsa for annsa, more beloved. Muisi,
monsieur, a Frenchman. Lonnrachd, brightness. Luath-
ghair, joy, a shout of joy.

—— x ——

ORAN

Do 'n Chath-bhuidhinn Rioghail Ghaidhealich,
an deidh treas blar na h-Eiphait.

LE MR SEUMAS MAC-LAGAIN.

'S an ochd-ciad-diag is bliadhna,
'Sam beuc na siantan ard',
Tha gaoth an ear air sgiathibh
'Toirt sgeoil an iar gun chaird,
Faraon 'tha cliuiteach 's cianail,
Gun d' thuit mor thriath san ar,
De 'r sloigh gun 'd thuit na ciadan,
Fa-leith laoich fhial nan Gaidh'l.

Ma thuit, cha b' ann gun deagh chliu
A dh' eug an laochridh gharg ;
Gun d' aithnich rogh' nan Saor-fhear
Gur garg an gleus 'nam feirg.
Dhith-larich iad gu leirsgrios
Do-cheannsich threun' 'san t-sealg,
'S chuir iad am bratach bheudach,
Mar chuimhn' an euchd, da 'n Alb.

Is cha b' e cothrom Feinne
A fhuair na trein 'sa bhlar ;
Bho 'n cul 's fo dhuibhribh oidhch'
Na Do-cheannsich bhruchd 'nan dail,
'S cath-bhuidheann eil' ri 'n aodann
'Bu leoir gu 'n claoidh 'san ar ;
Ach chuir na laoieh fo mhaoim iad
'S am fuil na tuinn ri lar.

Nuair shaoil Menou gu 'n d' aom iad
Bu ghrad 'san raon 'nan coir,
A mharc-shluagh le 'n eich leumnach
A dheanadh euchd 'san toir.

Ach chuir na Gaidheil ghleusda
Iad sud nan steud le 'n treoir ;
Bha Breat' nich uile treubhach
Ach sibhse treun thar gloir.

Bho 'r feadain ghlas' a smuidrich
Bha frasan drudhteach, geur ;
Bhur gunna-bhiodagan ruisgte
Bha air an druim 'nan steud ;
'S bhur claidhean sgaiteach, luthar,
A snaigheadh smuis is fheith.
Cha b' ionnan sibh 's na lub-fhir
Bha 'faoineis riu mu'n Rein.

Ni bheil e 'n comas dhaoine
An treine dol na 's aird'
Na chaidh na Gaidheil bheumnach
An tir na Eiph't an trath s'
An cliu a bha cho daor dhuibh
Mo dhoigh, a chaoidh nach caill ;
Bidh neart is cliu, nam fraoch-bheann
A cur ri 'r daoin a ghnath.

Leam 's duilich na fir chrodha
A bhi fo 'n fhoid cho trath ;
Ro fhad' o 'n dilsibh bronach
Nach cluinn na 's mo mu 'n spairn.
Ach 's aoibhneach do na beothibh
Gun robh iad mor nan la,
Nach dean iad tuilleadh gorich,
'S nach eug an gloir gu brath.

Ge duilich leinn na dh' eug dhiu,
Tha 'n luaidheachd ceutach, cinnt',
Bhon thuit iad an deagh abhar,
'S luchd-eucoir fhagail sint'.
Cha n-fhag am bas fir fhiamhach
Ged shraonadh iad bho roinn ;

'S bidh druim an eagil reubte
Ge fada leum na h-oillt'.

Cha n-ionghnadh leam bhur diobhail
Bho ionnsidh dian bhur namh,
A shaoil tre sgrios na Fiannachd
Gum fagteadh fiamhach cach.
Ach mheall sibh tur am mi-run,
Am miosguinn thug gu 'n call,
Is sgath sibh cathan lionmhor
'Bha 'n duil gu dian ri 'r bas.

Bhon thug na Frangich buaidh
Air an fhuigheall thruagh 'bha 'n Gal,
An deidh do Cheusar uaibhreach
An claoidh gun truas 's an cradh,
Shaoil iad nach b' fhearr 'an cruadal
Saor Ghaidheil uasal Alb',
'Bha ionnsicht', aonicht', cruadhicht',
'S da 'n du sior-bhuaidh nan calg.

Fhuair sibh le 'r giulan laochmhor
Meas cuid de dhaoin' 'thug fuath
Da 'r tir gun fhios cia 'n t-aobhar,
Mur h-e 'bhi daonnan cruaidh.
Is aithne da 'r deagh righ sibh,
'S d'a theaghlach riomhach, suairc'.—
Cha n-easbhuidh inbhe' chaoidh dhuibh
'S sibh 'n toir cho dian air buaidh.

'S sibh iarmad Ghomir chliuitich,
A ghluais bho 'n Tur do 'n Eorp',
Is sliochd nan Gaidheal treun sin
Nach dugadh geill do 'n Roimh.
Ged fhuair na Sasnich mhillteach
Cuid mhor de 'r tir fo 'n sgod,
'S e 'n t-seoltachd a rinn feum dhaibh,
Is cha b' e 'n euchd no 'n treoir

Na Lachlunnich chruaidh, f hiadhta,
Thug ionnsidh dhian le guin,
Air duthich ard ar sinnsre
A thoirt fo chis gu tur,
Le foghmharachd 's droch innleachd
Araon air tir 's air muir,
Ach uaighean thugadh dhaibh sud
Leo gus am b' annsa sgur.

A Ghaidheil, tha iad lionmhor
A shath 'n ar bian an calg.
Ar gaisge dhuisg dhuinn mi-run
Nan Gotach grimeach, searbh.
Ni bheil ann fear diu 'sgriobhas
Nach h-eil le miosguinn garg ;
Do nach sop-reic ar riabadh
'Thoirt fiach d'a f harrusg borb.

Cha ghann duibh luchd ath-lionidh,
'S bhur cliu cho dian 's cho binn ;
Bidh oigf hir ghleusda, dhiana,
'G ur n-iarridh as gach beinn.
Is tairnidh fuaim bhur pioba
Na miltean as na glinn ;
'S bidh breacain 's chlaidhean liomha
A dusgadh miann gach linn.

O ! Ahercromi chliuitich,
Gur mor ar turs' 'ad dheidh ;
Gur mor a chaill do dhuthich
Na d' ghnaths, na t' iul, na t' euchd.
Do bhanntrach is t' og f hiurain
Tha dluth a frasadh dheur ;
Ach 's mor am meas a 's du dhaibh
Air sgath an f hiubhidh 'dh-eug.

Ach Alasdir aigh Siiubhairt,
Is eibhinn liumsa t' euchd,

A stiuir na gaisgich uasal
An comhrag cruaidh nan euchd,
Ged thug aois 's droch dhuthich
Dhiom slainte, luths, is gleus,
'Chaoidh leanidh mo dheagh run sibh,
'S gur beath' ur cliu do m' chre.

'Nis saoghal fad' is soirbheas
Do ghaisgich gharg nan Gaidh'l,
A dhionadh coir na h-Alba
'S a chaisgeadh buirb' nan namh,
A bhuannach' sith' is sealbh' dhuinn
Air chuantibh garbh 's air traigh ;
Gum mair ar reachd 's co-dhealbhadb
Fo righ math, soirbh, 's gach aL

Bu dian a ruith air aimhleas e,
A thionndadh as an tir
Ar cinneadh dileas, lamh-laidir,
Tre ghionach saibhris chrin.
Is co-a choimhdeadh dhaibh i,
Gun chairdean daimhail, dian' ?
Tha Bonipart ro eibhneach dheth
Mar 'leumas iad muir shiar.

'N deidh saothir agus doruinn
Is aoibhneach sogh is saimh ;
Deagh chliu o dhaoine coire
Is failte mhor o dhaimh.
Ach co a dh' innseas solas
Nan oighean boidheach, mald',
'Thug meas is gaol o 'n oig' dhuibh,
'S 'tha 'nis gun deo le agh ?

Ged tha sibh an tir chian uam,
Mo shoruidh sior 'n ur coir.
Biodh tearmunn an Aird Thriath' leibh,
Ciu 'r dion o lochd 's o leon.

Is aoibhinn leam deagh sgial oirbh
Ged tha mi crionidh, breoit';
Ach mis', ma 's Oisain liath mi,
Mo dhoigh bidh m' Fhianntan beo.

Gun chaird, without delay. Rogha nan Saor-fhear, the select troops of the Franks or French. Dith-larich, remove from the field, utterly destroy. Na Do-cheannsich, the Invincibies, a French regiment. Cothrom Feinne, a fight on equal terms, a fight in daylight with man for man. Mu'n Rein, about the Rhine. Mo dhoigh, my confidence. Luaigheachd, reward. Sraon, fall sideways. Miosguinn, malice. Cath, in the ninth stanza, a body of soldiers, a troop. Iarmad, offspring. Foghmharachd, piracy. Gotach, a Goth. The Goths referred to are Dr. Johnson and Pinkerton, especially the latter. Sop-reic, a wisp of straw used as a sign on an ale-house. Thoirt fiach, to give value to. Farrusg, refuse, rubbish. What the poet means is that some writers would attack the Highlanders to draw attention to their trashy books and make them saleable. Alexander Stewart commanded the right wing of the 42nd. Codhealbhadh, constitution or fundamental laws of government.

The third battle in Egypt, known as the Battle of Alexandria, was fought on the 21st of March, 1801. The morning was unusually dark, cloudy, and close. The French attempted to take the British by surprise, and attacked them at half past three. The battle lasted until ten o'clock. Sir Ralf Abercromby received a wound from which he died on March 28th. The French were defeated. The 42nd, a chath-bhuidhean riogail Ghaidhealach, was in the hottest of the fight.

—— x ——

TURAS AILAIN THAR CHUAN:

Oran do dh-Ailain Mac-Gilleain, Fear Bhrolais, an uair a dh'fhalbh e do chogadh America.

LE CALUM MAC-AN-FHLEISDEIR.

Turas Ailain thar chuan
Dh' fhag mo mhulad-sa buan,
'S nach faigh sinn san uair ort cunntas.
Dh' fhalbh thu 'chomhnadh an t-sluaigh

Do dh-America bhuainn ;
Sian an Domhnich 'chur buaidh le cliu ort.
Dh' fhalbh air clar luinge luath,
'S a siuil ard' rithe 'suas,
Air chuan dronagach, riabhach, dubh-ghorm,
'Fhir 'bu shiobhalta cainnt,
'Labhradh blath ri d' luchd-daimh,
Dh' fhag thu sinne san am ga t' ionndrainn.

Gur tu b' fhaicheala ceum
De na chunnic mi-fein,
Riamh air faiche nan ceud, 's tu uisail.
Thig ad shiod ort mar bheus
Air chul sniomhain, donn, reidh,
Cridhe farsuinn nach euradh cuinneadh.
Suil mar dhearcaig ad fhraoich,
Fo na mhalla 'bha caol,
'S deud snaighte nach faoin 'na dhluthadh.
Gruaidh mar aiteal nan caor
Nach froiseadh ri gaoith,
No mar ubhal air craoibh nach lubadh.

Thig dhuit clogad is sgiath,
Claidheabh sgaiteach, gorm, siar,
Agus glac nan ceann liomhte, ura.
Pic de 'n iubhar dhonn, chaol,
'N a sheasamh ri d' thaobh,
'S gu barr a dheise fo aobhar dubilt'.
Gum bu duthchas deagh sgeul
Bhi ga iomradh ort fein,
'S mor a ghlac thu de cheill 'ad ghiulan.
Thu thigh 'n dachidh gu saor
Gu luchd ionmhuinn do ghaoil,
'Fhir a labhradh gu caoin ri d' mhuinntir.

Bho 'n thriall Brolas air feachd
Dh' fhalbh ar solas 's ar gean.

Marcich morail nan each le luth cheum.
'Fhir bu leoghanta dreach,
Fo ghnuis aluinn gun smal,
Dh' f hag thu iomadach neach ga t' ionndrinn.
'S bochd nach d' eisdeadh ri ceart,
Gun thu bhi 't eigin cho fad,
'S gur h-i Dubhairt a chlach 'bu du dhuit.
'Righ ga 'n geill sinn air fad,
Ann ad laimh tha gach neart,
Cuir deagh sgeul mu 'n f hear feachd ga 'r
    n-ionnsidh.

'S car thu 'n ridire ruadh
A bha 'n Dubhairt nan stuadh,
Leis an eireadh an sluagh gu dumhil.
Luchd nam bratichean sroil,
'Bheireadh creach as gach cro,
Is a chaisgeadh an toir le diobhail.
'Chlann-Ghilleain nan lann,
Leam a's duilich bhur call,
'S tric bhur ceannbheirt 's bhur ceann gan rusgadh.
'S mor mo mhulad 's gach am,
Bhon chaidh Ailain do 'n champ,
'S gun Sir Eachann san Fhraing 'na dhusgadh.

Cha n-f heil duine dhibh ann,
'Labhras facal de 'r cainnt,
Ged a chuirteadh fo shreing an null sibh ;
Ach an t-Oisain so shuas,
Air Loch-buidhe nan stuadh ;—
Seas-sa t' aitreabh 's bi cruaidh mu d' dhuthchas.
B' iad sin armuinn nam buadh,
Nach biodh sgathach 'san ruaig,
Ged a chaill iad air cuairt a Phrionnsa.
'S e 'chuir Ailain thar cuain,
Is a dhealich e bhuainn,
Ar cuid fearinn 'thoirt' suas do 'n Diuca.

Tha do bhaintighearna ghaoil
Fo mhulad mu d' thaobh,
'S mor am beud nach bu shaor a duthich ;
Nighean Eachinn bho 'n chaol,
Aig am biodh an crodh laoigh,
'S cian 's gur farsuinn 'chaidh sgaoileadh cliu air.—
Ach na biomaid fo fhiamh,
Biodh ar dochas san Triath
'Tha uil'-fhiosrach a riaghladh chuisean.
'N uair a dh' eireas a ghrian,
Thig oirnn soinionn is fiath,
'S seolidh Ailain o 'n iar ga 'r n-ionnsidh.

—— x ——

CUMHA

Do Thearlach Mor Mac-Gilleain, Fear na Sgurra,
ann san Ros Mhuileach.

LE CALUM MAC-AN-FHLEISDEIR.

Air m' fhacal fior ann an cainnt,
'S ann 'san Sgurr a bha 'n call ;
Bha fath na h-ionndrichinn ann,
'S cha bu chaorich air ghleann,
No eich air fuaran nam beann,
Ach fior dhuin'-uasal gun mheang ;
'S mor tha 'dhith fear do rainn bhon dh' eug thu.
    'S mor tha dhith, &c.

Bu duine macant' a bh' ann,
A bha seircail gun sgraing ;
Ach nan cuirteadh ris teann
Bh' aige misneach is ceann ;
Bu tearc Gaidheal no Gall
'Bhuidhneadh cuis deth air laimh,
'Nuair a chuireadh e 'chainnt an geill daibh.

B' e sud am baile gun sunnd,
'S ceann na misnich san uir,

An treun maiseach, glan, ur,
Fear bu mheachire gnuis ;
Bu tearc 'f haicinn le suil,
Do mhac samhuilt 's gach cuis,
Neach co-ionnan an cliu air cheutadh.

'S truagh do cheile 'san am,
'S bu mhor am beud i bhi ann,
Fior bhean uasal gun mheang,
'S i gun bhruaidlean, gun f habhd,
Ged thanic dubilt a call,
Cho ceart 's a sgriobht' e le peann,
Bho 'n la 'chuireadh thu teann 'sna deilibh.

Bha 'cholunn chaoimhnail gun gho,
'S i gun chlaisteachd, gun treoir,
'N ciste dhainginn nam bord,
'N deidh an sparradh le ord.—
Na bha chairdean 'ad choir
Bha ceann-fath ac' air bron,
'S cha bu shubhach an ceol r'a eisdeachd.

Tha Iain Ruadh dheth fo bhron ;
'S beag an t-ionghnadh sud dho,
Chaill e brathair math coir,
'Ghabht' air thoiseach an t-sloigh ;
Dh' f haodteadh earbsa 's e beo
Gun grad chaisgeadh e 'n toir,
Cha bu ghealtachd 'bu choir dha 'leughadh.

Cha n-i do mhathair a 's fearr,
'S i fo mhulad gach la,
Gun toilinntinn, gun agh.
Ged f huair i tionndadh no dha,
B' e so greadan a craidh,
Tha 'cul-taic ri lar
'S e gun chlaisteachd, gun chail, gun leirsinn.

Tha do pheathrichean truagh,
Air bheag cadil no suain,
'S iad ri ionndrichinn bhuath'
'N fhir 'bu fhlathaile snuadh,
Fiubhidh socrach, gun ghruaim,
Laidir, fulangach, cruaidh,
C' ait am faic mi 'san uair fear t' eugisg?

Bha thu fial anns gach ait,
Agus buadhach 's gach cas;
Is cha b' ionghnadh ged bha
'S gum bu dileas do phairt
Ri Mac-Coinnich Chinn-t-sail.
'Thogadh bratichean ard',
'Choisneadh cliu anns gach blar, 's nach geill-
eadh.

Bha do chridhe gun fhoill,
'S gum bu shoilleir do chainnt
A bhiodh blath ri luchd-daimh.
Bhiodh tu fial ris gach dream
An am tighinn 'nan ceann;
Cha b' e t' fhasan an sgraing
Mur a digteadh ort cam le eucoir.

Ach nan digteadh ort cam,
'S tu nach seachnadh an t-am;
Bha thu 'd ghaisgeach gun mheang,
'S ged nach glachdteadh leat lann,
Gun robh treine 'nad laimh
'Chur luchd-Beurla gun chainnt,
'S tu gu'n caisgeadh gun taing leat fhein iad.

Cha n-fheil diuc 'tha fo 'n righ,
No fear fearinn a 's fhiach,
No duin'-uasal 'ga mhiad,
A bha eolach mu d' ghniomh,
Bho 'n la 'ruith e 'san tir

Gun danic ort crioch,
Nach h-'eil duilich gur fior an sgeul e.

Fior f huil uaibhreach, neo-ghann,
Bha mu d' ghuaillibh 's mu d' cheann,
'S i gun truailleachd, gun mheang,
Mar f hion dathte na Fraing',
Nach dig uginn an nall,
Gun an t-or 'chur 'na gheall ;
B' ainmail, cliuiteach do dhream le 'n euchdan.

B' e do sheanachas le cinnt
Clann-Ghilleain nam pios ;
'S gun robh uair 'bha dhiu pris
Bho nach gluaiseadh iad crion ;
Bha an coir air an tir s';
Ach bhon 's por iad 'chaidh sios
Gu de 'm fath dhomh 'bhi 'g inns' am beusan ?

Tha do chairdeas neo-ghann
Ri fir Uibhist nam beann,
Ri Dun-Stathinnis thall,
'S ri Loch-iall nan cruaidh lann,
'Thogadh sroiltean ri crann,
'S dha 'm biodh fiurain gun mheang,
Nach bu tais ann an am an f heuma.

Ged a b' ainmail gach dream
A bha dluth dhuit an daimh,
Nam biodh tusa fad ann,
Gun an t-eug thigh'nn cho teann,
'S tu gu 'n diongadh gun taing
Mar bu dual air gach laimh ;
Bhiodh do chliu gu neo-mhall ag eirigh.

————

Charles Maclean, Tearlach na Sgurra, mar-
ried Catherine, daughter of Lachlan Maclean
of Muck, by whom he had one son, Gilleasbic na

Sgurr, and two daughters. He was noted for his great strength. The Pennycross MS. speaks of him as " a very worthy and pleasant gentleman."

—— x ——

BAINTIGHEARNA GHUISEACHAIN.

Margaret Macdonell was a daughter of Macdonell of Ardnabie, in Glengarry. She was born about 1715. She was married to William Fraser of Guisachan and Culbokie. She had nine sons, Simon, John, Archibald, Donald, Rory, and four whose names we do not know. She was a very clever woman. Simon left Scotland in 1773, and settled near Bennington, in the State of Vermont. He was a captain in Burgoyne's army. He died in 1778. His widow and children left the United States and settled at St. Andrew's in the county of Glengarry, Ontario. Simon, his youngest son, was born in 1776. In 1805 Simon explored the Fraser River, which is named after him. He died in 1862. John and Archibald fought under Wolfe at Quebec. John settled in Montreal, and was known as Judge Fraser. Donald and another of Mrs. Fraser's sons were officers in the Austrian Army. Donald was killed on the battle-field in Germany. He was the youngest but one of the nine sons. Two of the sons died in the East Indies, one of whom perished in the Black Hole of Calcutta. One of Mrs. Fraser's sons was only a week old when the infamous Hanoverian butcher, the Duke of Cumberland, sent an officer with some soldiers to set fire to her house. She refers to her sad conditon in the following stanzas :—

> 'Bhliadhn' a rugadh thus' a Ruari
> 'S ann a thog iad bhuainn na ereachan.

'S trom 's gur muladach a tha mi
'Cumail blaiths air aois na seachdain.

Loisg iad mo shabhal 's mo bhathach,
'S chuir iad mo thaigh clair na lasir.

—— x ——

CUMHA DHOMHNILL FHRISAIL.

LE A MHATHAIR.

La na nollig mhoir a b' fhuar
Fhuair mi sgeula mo chruaidh-chais,
Domhnull donn-gheal og mo ruin
'Bhi 'na shineadh 'n tiugh a bhlair.

'Bhi gun choinneal os a chionn,
No ban-charid chaomh ri gal ;
Gun chist', gun anart, gun chill,
Ach 'na shineadh air an dail.

'S tu mo bheadradh, 's tu mo mhuirn,
'S tu mo phlanntan an tus fais,
'S tu m' og laghach 's guirme suil,
Mar bhradan buirn bha mo ghradh.

'S e bas anabich mo mhic
A dh' fhag mi cho tric fo ghruaim ;
'S ged nach suidh mi air do lic,
Bidh mo bheannachd tric gu t' uaigh.

'S ann do Ghearmailt mhoir nam feachd
'Chuir iad gun mo thoil mo mhac ;
'S ged nach cuala cach mo reachd
Air mo chridhe dh' fhag e sac.

Ach ma thiodhlic sibh mo mhac,
'S gun d' fhalich sibh 'chorp le uir,
Mo bheannachd-sa air an laimh
A rinn dligh' a bhaisdo m' run.

Sguridh mi de thuireadh dian,
Ged nach bi mi 'chaoidh gun bhron ;
Mo dhochas tha 'n aon Mhac Dhe
Gu bheil t' anam 'seinn an gloir.

—— x ——

'AILAIN DUINN, SHIUBHLINN LEAT.

LE ANNA CHAIMBAL.

Gur a mise 'th' air mo sgaradh !
Cha 'n-e sugradh 'nochd 'th' air m' aire.

'Ailain duinn, o hi, shiubhlinn leat ;
I ri ri, ri ibh o, hi o hug, oirinn o,
Ailain duinn, shiubhlinn leat.

Cha n-e sugradh 'nochd 'th' air m' aire,
Ach stoirm nan siantan 's meud na gailinn,
    Ailain duinn, &c.

'Dh' fhuadicheadh na fir on chala.

'Ailain duinn, a luaidh nan leannan,

Chuala mi gun deach thu thairis,

Air a bhata chaoil, dhuibh, dharich ;

'S gun deach thu air tir am Maninn.

Cha b' e sud mo rogha cala,

Ach caolas Stiadir ann sna Hearadh,

No Loch Miabhaig ann sna beannibh.

'Ailain duinn, a laoigh mo cheille,

Gur a h-óg a thug mi speis dhuit.

'S ann an nochd a 's bochd mo sgeula ;

Cha n-e bas a chruidh 'san fheisidh,

Ach a fhliuichead 's 'tha do leine,

'S muca-mara 'bhi gad reubadh.

Ged bu leamsa buaile spreidhe,

'S ann an nochd 'bu bheag mo speis d'i

'S mi nach iarradh caochladh ceile ;

B' anns' 'bhi leat air mullach sleibhe,

Chuala mi gu 'n deach do bhathadh.

Gur a truagh nach mi 'bha lamh-riut,

Ge b' e sgeir no bogh' an traigh thu.

Ge b' e tiurr am fag an lan thu.

Dh' olinn deoch ge b' oil le m' chairdibh ;

Cha b' ann de dh'-fhion dearg na Spaine,

Ach a dh'-fhuil do chuim, 's i b' fhearr leam.

O, gum paigheadh Dia do t' anam

Na fhuair mi dhe d' chomhradh falich,

Na fhuair mi dhe d' chuid gun cheannach ;—

Piosan dhe an t-sioda bhallach,

Ged nach deid e 'm feum ri m' mhaireann.

M' achanich-sa, 'Righ na cathrach,

Gun mi 'dhol an uir no 'n anart,

'N talamh tholl no 'n aite falich,

Ach 'sa bhall 'an deach thu, Ailain

Gur a mis' a th' air mo sgaradh.

Allan Morrison, son of Roderick Morrison of Stornaway, was a sea-captain. He generally traded with his vessel between Stornaway and the Isle of Man. In the spring of 1768 he left Stornaway in his vessel to go to Scalpay for the purpose of going through the ceremony of marriage contract, an reiteach, with Annie Campbell, daughter of Campbell of Scalpay. A furious storm having sprung up the vessel was swamped ; and Captain Morrison and all on board sank with it. The broken-hearted Annie wasted away through grief, and died a few months afterwards. Whilst her relatives and friends were crossing over in boats from Scalpay to Rodel, where she was to be buried, they were overtaken with such a violent storm that the coffin had to be thrown overboard. Shortly after her death Captain Morrison's body was found at the Shiant Isles. A few dates later her own body was found in the same place. Whether they were buried side by side or not, they should have been.

—— x ——

IAIN MAC MHURCHIDH.

John Macrae, commonly called Iain Mac
Mhurchidh, was a native of Kintail.   He was a
son of Murchadh Mac Fhearchir.   He was
ground-officer, deer-stalker, and forester for the
Earl of Seaforth, throughout the districts of
Kintail and Lochalsh.   He was in very comfort-
able circumstances.   He emigrated to North
Carolina in 1674.   He joined the British party at
the time of the War of Independence.   He was
taken prisoner by the Americans and confined in
a wretched dungeon.   They disliked him on
account of his strong British sympathies and loyal
compositions, and treated him very cruelly.   He
lived only a short time after his capture.   He died
in prison.   He was a kind-hearted, jovial, and
pleasant man.   He was a capital companion, and
was exceedingly popular.   He was married and
had several children.

HO, CUM THALL AM BODACH.

LE IAIN MAC MHURCHIDH.

Gur beag m' uidh 'dhol 'chum na h-airidh
Far an d' fhag mi mo chrodh aluinn,
Gun bhi ann diu ach na cnamhan,
'S iad gun bhliochd, gun stath, gun laoigh.

ˢ LUINNEAG.

Ho, cum thall am am bodach,
He, fair an nall am botul ;
Nuair a dh' eireadh oirnn an sogan
'S e 'm botul 'bu docha leinu.

Lion am botul, lion a dha dhiu,
Na biodh curam ort mu'n phaigheadh ;
Mur a faigh thu ann san laimh e
Ni seiche ba dair' an t-suim.

Chi mi thall na gabhir cheannich,
Aig nach h-'eil ach beagan bainne ;
Mur b' e 'mheud 's a rinn mi 'dh-fheannadh
Gum bu bheag mo mhaille ruibh.

B' e sud earrach dubh a challa,
Dh' fhag e iomadh aon fo smalan,
Thug e bhuamsa mo chrodh bainne ;
'S e na gearrain 'bha mi caoidh.

Ciod am fath mu 'm biodh oirnn dorran?
Foghnidh 'n saoghal dhuinn ge b' oil leinn
'S lionmhor fear a chuir e 'dholidh
'Mheud 's a thug e 'thoil d'a chinn.

Fhearibh, na biodh oirbhse gruaman
Mu na thug an t-earrach cruaidh bhuainn ;
Gheibh sinn creideas feadh na tuatha
A ni 'suas na thug e dhinn.

Biomid cridhail, biomid ceolmhor,
Gabhamid gach ni mar 's coir dhuinn,
As a bheagan thig am moran,
Tuillidh 's a dh' fhoghnas a chaoidh.

Biomid sugach, biomid geanail,
Cuireamid air chul an gearan ;
Cinnidh rud aig math an airidh,
Sin mar tha mo bharail fhin.

'S iomadh fineag a tha beirteach,
'S caonnag air an duine thapidh

'S fearr a bhuilicheadh le tlachd e
Na esan ge pailt a ni.

'M fear a's mo a gheibh de 'n t-saoghal
Bidh e 'strith ri tuilleadh fhaotuinn ;
Gheibh sinn uile biadh is aodach,
'S cha doir daormuinn maoin do 'n chill.

The poet lost his cattle and horses at Comhlan
in Glenaffric during a snow-storm in the spring.
Some time afterwards, whilst passing the place
in which they had perished he composed the
above song. It was published originally in
Gillies's collection, at page 58.

—— x ——

THA MI TINN, TINN, TINN.

LE IAIN MAC MHURCHIDH.

LUINNEAG.

Tha mi tinn, tinn, tinn,
Tha mi tinn 's mi fo airtneal ;
Ged nach innis mi do chach
Ciod e 'm fath mu bheil m' acain.

Bha mi latha dhe mo shaogh'l
Nach do shaoil leam gum faicinn
Mo chomanndair orm cho teann
Ann sa bhall nach do chleachd mi.

Mi mar shean duine gun speis,
Do nach leir aon ni 'fhaicinn,

'S mi gun fheum fo na ghrein
Mur a h-eigh mi air cairteal.

Mi gun chosnadh na mo nadar
O 'n la 'chaidh mo bhaisteadh ;
'S mor gum b' fhearr mo chur 'sa chill
Na na mhill mi de thasdain.

'S olc an ceile do mhnaoi oig,
D' am bu choir a bhi maiseach,
Fear nach cumadh rithe riamh,
Bonn a riaricheadh ceart i.

Mharbhainn fiadh is dheaninn iasgach
Le siabadh na slaite,
Is cha robh ort miochuis riamh
Nach bu mhiann leam a chasgadh.

Mharbhainn breac air linne buirn,
Agus udlich' air Glas-bheinn ;
'S bhiodh coileach-dubh agam air sgeith
'Nam dhuit eirigh 'sa mhaduinn.

'S math a laigheas stocain bhan
Air a chalpa nach faicear ;—
Troigh chruinn chuimir ann am broig
'Dh' fhalbhas comhnard air leacuinn.

'N turas 'thug mi do 'n taobh-tuath,
Chaill mi buannachd a phaca ;
Mun do thill mi dhe na chuairt
Thug iad bhuam e 's b' e chreach e.

The poet addresses his wife in this poem. He
represents her as complaining of him. He admits
that he had some failings ; but tells her that he
could hunt and fish and thus provide for her.

DUANAG ALTRUIM.

LE IAIN MAC MHURCHIDH.

FONN.—"*Flow gently sweet Afton.*"

Dean cadalan samhach, a chuilain mo ruin ;
Dean fuireach mar tha thu, 's tu 'n drasd an ait ur,
Bidh oigfhearan againn lan beirtis is cliu,
'S ma bhios tu nad airidh 's leat feareigin diu.

Gur h-ann an America 'tha sinn an drasd ;
Fo dhubhar na coille nach teirig gu brath,
Nuair 'dh' fhalbhas an dulachd 's a thionndas am
    blaths,
Bidh cnothan is ubhlan 's an siucar a fas.

'S ro bheag orm fein cuid de 'n t-sluagh a tha ann,
Le 'n cotichean drogaid, 's ad mhor air an ceann ;
Le 'm briogisean goirid, 's iad sgoilte gu 'm boinn;
Cha n-fhaicear an t-osan, 's e 'bhochdinn sin
    leam.

Tha sinne 'n ar n-Innseanich cinnteach gu leoir ;
Fo dhubhar nan craobh cha bhi 'h-aon againn beo,
Coin-alluidh is beisdean ag eigheach 's gach froig;
Gu bheil sinn 'nar n-eiginn bhon threig sinn Righ
    Deors'.

Mo shoridh le failte 'Chinn-taile nam bo,
Far 'n d' fhuair mi greis m' arach, 's mi 'm phaisde
    beag, og.
Bhiodh fleasgichean donn' air am bonnibh ri ceol
Is nionagan dualach 's an gruaidh mar an ros.

An toiseach an fhoghir bu chridhail ar sunnd,
Gheibht' fiadh as an fhireach is bradan a grunnd
Bhiodh luingeas an sgadain a tiginn fo shiuil,
Le 'n lasgairean tapidh nach faicteadh fo mhuig.

CORRECTIONS.

Page 2, line 17, daichail ; line 19, gun fhailinn.

9, 11, Mo ; 13, Gun eireadh ; 10, 13, seang-mhear ; 28, Gle dheonach.

12, 2, 'S iomad; 14, 22, ghloin; 27, an ceann; 16, 16, O gach.

20, 7, mnathan-taighe; 21, 27, 'duirn; 23, 17, year 1680.

24, 1, Mhac-Mhic-Ailain; 28, 4, glaic'; 5, luaidhe; 13, slaodairean.

31, 7, Angus and Hugh; 34, 18, biorach; 26, Cha n-fheil eun.

44, 2, 'S fhuair; 45, 18, nad dhorn; 23, dhuit.

46, 3, Breac's ; 5, Kinlochewe ; 14, Thearlich ; 47, 4, Failt'.

48, 10, Mhic-Shimi; 49, 22, seanachidh; 24, Mac-Shimi

50, 21, cleoc'; 25, iomirt; 30, duinn thu.

51, 28, A dh' fhag sinne; 52, 3, cneidh; 55, 14, mo chu.

56, 22, gu socir, 57, 12, nam; 16, creideam; 28, Mio-chuiseach.

60, 5, gun ioc iad; 62, 17, a dh' imich; 63, 15, aig Uilleam.

63, 22, d' a shinnsribh; 66, 26, ionndrinn; 75, 24, Bha thu.

77, 5, the stanzas; 78, 19, tuinne; 82, 32, Gu tuireideach

84, 13, it may be urged; 86, 26, nan inntinn iad.

93, 11, Do nach; 28, cruaidh; 95, 15, mu d' charnibh.

101, 30, 'n aite; 103, 10, beauty; 13, san Roimh.

105, 24, airson mail; 106, 28, iad uaitsa ; 108, 1, in the third stanza.

108, 6, Corrievreckan ; 111, 9, a ni 'n; 13, am Biobull.

113, 22, ghruaidhean ; 115, 15, Cha leigeadh ; 117, 13, no gabhidh.

118, 19, grandson of Ailain; 120, 25, is feumich.

121, 21, Gur cuimir; 31, Gach tlachd; 132, 5, siubhlach.

137, 21, airson; 141, 29, Aonghus.

146, 26, an nighean; 154, 4, Bidh; 156, 21, Iain Borb.

149, 11, fhaoilinn; 206, 21, Bhiodh.

166, 13, Tha; 172, 4, gun chas; 33, teagasg.

182, 25, nan creuchdan; 28, an Fhrisealich.

Page 183, 11, thuath; 14, Mar chraoibh sheargte fo leon.
 191, 33, Loch-Airceig; 194, 33, sruth fior uisg'; 205, 7, gun; 19, 'Chuirinn.
 207, 17, Och! Och!; 211, 6, air a;
 214, 12, Bhuaith'; 225, 24, A rinn.
 216, 12, Leig; 17, bean; 237, 27, laoich.
 240, 3, duthich; 25, Abercromi; 242, 8, Invincibles.
 243, 15, an fhraoich; 26, fo fhaobhar; 249, 1, Sgurra.
 249, 33, creachan; 253, 24, few days; 254, 30, leinn.

Page 21, line 20.—The word marachunn means the wool of a sheep that had died.   Marbhanach is also used:

—— × ——

In the "Gaelic Bards from 1411 to 1715," it is stated at page 24 that Murdoch Macrae perished in Gleann-Lic in 1620.   This date which was copied from page 131 of the 12th volume of the Transactions of the Gaelic Society of Inverness is clearly wrong.   We have no means of determining the correct date.   We cannot be far astray however in placing the time of Murdoch's death at about 1680.   He was a brother of Donnachadh nam Pios.